推
Syuro Tokioka
土岐丘しゅろ
Chiho Shin-ishi
イラスト しんいし智歩
JN070132
しの敵に
なったので
推
し
敵
TOブックス

Contents

イラスト／しんいし智歩
デザイン／アオキテツヤ（musicagographics）

第一章
墜翼のシンビオーシス

序幕　天使／オモテ

景色が背後へと吸い込まれていく。

そう錯覚するほどの速さで駆ける。

『ポイントFに出没した【救世の契り（ネガ・メサイア）】構成員、特定！　コードネーム〈乖離（カイリ）〉ですッ！』

イヤーカフ型通信機から気勢ある声が響いた。

地を蹴る足が一層速まる。

歩道から上がる人々の歓声さえ置き去りにして。

走行する車体の間を縫（ぬ）うように追い越していく。

『対象に動きはありません！　ですが現場への急行をお願いします！』

通信司令室の声は逼迫（ひっぱく）していた。

敵の出現地が哨戒（しょうかい）ルートから最も外れた場所だからだろう。

『それが難しい場合は他支部から増援を――』

「その必要はありません」

イヤーカフに手を当て、司令部の通信に割り込む。

『…………！』

いつしか目の前に近づくスクランブル交差点。
信号機の色は、赤。
しかし、速度は落とさない。
停止線の直前でアスファルトを蹴り、
「――既に、向かっています！」
車両が行き交う交差点の上で、宙を舞う。
『傍陽(そえひ)隊員っ！』
その最中。
周囲の景色が、ゆっくりと流れ。
――見えた。
遥か前方。
道の真ん中で待ち構えるあの姿を見紛(みまが)うはずもない。
「対象発見。接敵まで――およそ十秒！」
着地と同時に再び駆け出す。
『っ！　はや――っ』
「通信、一旦切れます」
『っ、了解。ご武運を！』
みるみるうちに近づく敵影。

常人の目には追えないほどのスピードを以(も)って、

「はああっ!!」

白金色(プラチナ)の鉄籠手(ガントレット)に包まれた拳を突き出す。

挨拶代わりと言わんばかりのその一撃は、

「——来たね」

音もなく、相手の掌(てのひら)に受け止められる。

けれど、そんなことは分かりきっていた。

彼岸花の意匠が施された黒いローブをまとう眼前の敵の名は、〈乖離〉。

悪の組織【救世の契り(ネガ・メサイア)】の構成員にして、因縁深き相手でもある。

対するは、国家警察組織【循守の白天秤(プリム・リーブラ)】の若きエース——傍陽ヒナタ。

彼女はぐいっと顔を寄せ、宿敵の瞳を真っ向から睨みつけた。

「今日こそあなたを、捕まえてみせます」

善なる少女と悪の青年の戦いが、幾度目かの幕を開けた。


大通りを浚(さら)うように吹き抜ける風が、白の隊服と黒のローブを揺らす。

静寂が辺りを覆(おお)い、向かい合う両者ともに相手から視線を切らさない。

緊張の糸がきりきりと音を立てる中、悪の組織構成員〈乖離〉は——、

くうっ、今日も推しがかっこいいいっ！　そしてかわいいいいっ!!


今日も今日とて、推し活に勤しんでいた。

〈乖離〉改め——本名、指宿(いぶすき)イブキはオタクである。

そして目の前の少女、傍陽ヒナタこそが彼の〝推し〟であった。

彼の認識に則(のっと)って言うならば、この世界は『私の視(み)た夢』という漫画作品——通称『わたゆめ』——を元としている世界だ。

『わたゆめ』は、正義をもって悪を討ち果たす天翼の守護者(エクスシア)という存在に憧れ、英雄に手を伸ばさんと欲する少女・傍陽ヒナタの物語である。

……である、はずだったのに、

——カッコイイだけでも神なのに、カワイイまで付いてくるとか正気ですか？　ヒナタちゃんマジ二相女神っ！

なにをとち狂ったのか、この世界の管理者——そんなものが存在するのかは不明だが——はこの悲しきモンスター(ガチオタク)を自らの箱庭へと呼び込んでしまったらしい。

この世界にあって自分は異物でしかない。

悲しきモンスターとはいえ、彼はそれを正しく認識している。

けれど、今の彼に〝推し活〟を自重する気は一切ない。

むしろこの世界の人間として生まれ変わったならば、よりいっそう近くで推しを堪能(たんのう)しなければ失礼に当たると言っても過言ではないのだ（過言）。
――ともかく。
推しの敵になったので、最前列で推しを眺めていたい！
この物語は、たった一つの願いから始まった。

第一幕　傍（かたわら）の太陽

空を舞う桜の花びらを、柔らかな朝陽が透かしている。

「いってきまーす！」

自宅の門を出ると、元気いっぱいの挨拶が隣の一軒家から聞こえてきた。

「……………っ」

その可愛らしい声音に、息を呑む。

思わず隣家へ目を向けたその時、玄関から小柄な人影が飛び出してきた。

糊の利いた制服に身を包む、その少女の名は――傍陽ヒナタ。

彼女は俺の視線に気付いたかのように振り向いた。

背中の半ほどまでの茶髪がさらりと弧を描く。

「あ！　おはようございます、お兄さん！」

ぱあっと音が聞こえそうな笑顔が咲いた。

対する俺はぎこちない笑みを浮かべる。

「お、おはよう、ヒナタちゃん。その、入学してからもうすぐ二週間だけど、そろそろ高校は慣れた？」

「はいっ。高校の方はもう、すっかり。ただ……」

愛らしく天真爛漫（てんしんらんまん）な彼女だが、ただの高校生ではない。

「今日から正式に【循守の白天秤（プリム・リーブラ）】に配属される事になったので、それでちょっとだけ緊張してますけど……」

彼女は肩を少し縮こまらせて眉尻を下げる。

「夢が叶ったんだから、自信を持って……っ。ヒナタちゃんなら、大丈夫」

「――はい」

ヒナタちゃんは照れ臭そうにはにかんだ。

それから、からかうように俺を見上げてきた。

「お兄さんも大学には慣れましたか？」

「………うん、それなりに」

「その間はなんですか……？」

からかいまじりの視線がちょっと呆れたようなジト目に変わる。

それもすぐに、明るい微笑みに一転した。

「まあ、それこそ、お兄さんなら大丈夫ですよね。バイト、今日からでしょう？　頑張って下さいね」

そう言って、足取り軽く学校へと向かっていった。

その背中が遠くなっていくのをぼんやりと見送る。

そして――、

「はああああああ、今日も推しが尊い……!!」


なるべく声を噛み殺すようにして器用に叫ぶ。

「今日も朝からコロコロ変わる表情が可愛すぎる自分だって慣れない環境で不安と緊張だらけだろうにこんな近所に住んでるだけの知り合いの男にまで優しいとか天使なのかいや天使だったわ」

息を一つ吐いて気持ちを落ち着かせる。

「いやー……まずいぞ、これは……」

何がまずいって、あの制服姿だ。

高校生になったヒナタちゃんは、俺が漫画で見てきた「傍陽ヒナタ」そのもの。

彼女は、どうしようもなく〝推し〟なのだ。

そのことを意識させられて、こっちは顔を合わせる度に気が気でない。

なのに、向こうは小さい頃と同じように接してくるから、心臓が死にそう。

毎回二トントラックに追突されている感じ。

「指宿イブキ」に転生してから、およそ十五年。

それだけの時を経てなお、前世の「俺」が死んだのと同じ年頃の少女に心揺さぶられている。

「……どうしよ」

「ごめん。お待たせ、イブキ」

天を仰ぐ俺の後ろから、声が掛けられる。

振り向けば、一人の美女が我が家の玄関から出てくるところだった。

女性らしい身体付きに反して華奢（きゃしゃ）なシルエット。

烏の濡羽（ぬれば）を思わせる黒髪ロングは大和撫子（やまとなでしこ）を想起させる。

「いや、こっちこそ。毎朝助かってるよ、ありがとう」

「ん、あたしがやりたくてやってるから」

百合の花のように優雅に歩みよってきた彼女――櫛引（くしびき）クシナは俺の幼馴染だ。

毎日、朝からうちにやってきては一人暮らしの俺の世話を焼いてくれている。

「それに、ヒナタちゃんと話してたし」

「そう、ヒナタと……」

クシナは顔を曇（くも）らせる。

ヒナタちゃんが今日から戦いの場に出ることを知っているからだろう。

それだけでなく――。

「行きましょう。一限に遅刻するわ」

クシナはヒナタちゃんが向かった方とは逆、バス停の方へと向かう。

俺も思考を打ち切って彼女の横に並んでから、ふと思い出す。

「あ、知ってる、クシナ？　来週の日曜って天稟（ルクス）が初めて確認されてから、ちょうど一〇〇年らしいよ？」

「知ってる」

「え」

「逆に知らない人いないわよ……」

呆れのにじむ流し目が、こちらをチクチクと刺してくる。

「昨日まで散々『天稟社会の軌跡』みたいな特番やってたしね。テレビ、というか電子機器を避けてるイブキは知らないだろうけど」

「あー、昨日見てたのそれかぁ。なんか真新しいこと言ってた？」

「全然。十年前もほとんど同じことやってた記憶がぼんやりとある」

――一九二〇年、第一次世界大戦が終結して間もない頃。

それまでの自然科学では考えられないような能力を持った人間たちが現れた。

最初の一人が誰かは分かっていない。

まるで神の祝福のように、人々は一斉にその力を手にした。

誰が呼んだか、その異能力を《天稟》という。

天稟はほぼ全ての女性に与えられ――ほぼ全ての男性には与えられなかった。

当時、天稟が社会にもたらした影響は計り知れない。

科学をはるかに凌駕するそれらによって、やがて社会は女性優位のものへと変容していった。

――それから百年が経った、現在。

世界から、男女平等などという言葉は失われた。

「ほら、ぼーっとしてないの。バス来たよ」

「ん」

男性専用車両を待たずに、クシナと一緒に公共バスに乗り込む。

男は無能で無価値な世の中で、男女の軋轢を防ぐためにあるのが男性専用車両だ。

しかし今回は女性同伴ということで一般車両を使う。

一般、なんて言っても、実際に使っているのは女性ばかり。

こうして立っているだけで周囲からの視線が集まり、明らかに悪目立ちしていた。

そんなバスから逃げるように降りて、大学へ。

大学内でも面倒事やいざこざは日常茶飯事なのだが、今回は割愛。

俺とクシナのメイングラウンドは大学ではないからだ。

◇◇◇◇◇

放課後。

「はあ、落ち着く」

俺たちが訪れたのは、こぢんまりとした外観の、一見なんでもないようなカフェだった。

向かい合って座るクシナが、紅茶を片手に一息つく。

「おつかれ。今日もありがとう」

「別に。あたしはただ横に立ってるだけだから」

「ふぅん？」

「……なによ」

「別にぃー？」

「違うから」

クシナが色々と風除けになってくれているおかげで、俺は大きな問題なく大学に通えている。

彼女は絶対に認めようとしないが。

「それはさておき……本当にここなの？」

頑固な幼馴染に肩をすくめつつ、俺は先程から気になっていたことを、声を潜めて尋ねる。

この場所、〝Café・Manhattan〟の店内には俺たち以外の客はいないが、一応だ。

「ええ。そうよ」

「俺たち今日、【救世の契り】の――悪の組織のアジトに来るんじゃなかったの？」

「その通りよ」

「だってここ、いつも俺たちが来てるカフェじゃん」

「そうね」

適当な相槌を打って、対面の美女は静かにティーカップを傾ける。

が、その目には悪戯な光が宿っていた。こいつ、確実にこちらの反応を楽しんでいる。

「貴方だって、もう薄々わかってるでしょ」

……確かに、まあ、勘付いてはいるけど、小さい頃からの馴染みの場所なのだ。

どうしてここが？とか、いつから？とか、いろいろ思うところはあるわけで。

「ま、もうそろそろ――」

「お話中、喜んで割り込ませてもらうけどお二人さん、時間まではまだまだあるよ～？」

「ん……？」

クシナがカップをソーサーに置くと同時。

カウンターの向こう側から、訳の分からない台詞が間延びした明るい声で飛んできた。

振り向けば、見慣れた店主が見慣れないにこにこ笑顔をこちらに向けている。

〝Café・Manhattan〟店主、馬喰（ばくろ）ユイカ。

左右で白と黒のツートンカラーという変わった髪色をした彼女が、笑顔を浮かべているのを俺は初めて見た。

もっと言うなら声を聞いたのも今が初めてだ。

そもそも今なんて言った……？　「喜んで割り込ませてもらう」とかなんとか……。

思考のまとまらない俺を見かねたクシナは視線を店主の方へやり、彼女が首を縦に振ったのを確認すると口を開いた。

「ユイカさんはね、嘘しか言えないのよ」

「嘘しか？　……ひょっとして『代償（アンブラ）』？」

クシナは微かに顎を上げる。――肯定だ。

光(ルクス)があれば影(アンブラ)がある。

《天稟(ルクス)》の影は『代償(アンブラ)』という形で人々に現れた。

『代償(アンブラ)』とは、《天稟(ルクス)》を行使することで生じる対価である。

厳密には異なるが、大まかにはこれでいい。

例えば《炎操作》という《天稟(ルクス)》があったとして、『水を一リットル飲む』という行為が『代償(アンブラ)』として必要となる、などがある。

また、代償(アンブラ)は人によって千差万別。

同じ《炎操作》という天稟(ルクス)でも『水を一リットル飲む』という代償(アンブラ)もあれば、『一分間、水風呂に浸かる』なんて代償(アンブラ)があったりもする。

現代では《天稟(ルクス)》や『代償(アンブラ)』は個人情報として扱われており、基本的に他者に教えることはない。

それを当然のように共有しているということは、

「お祭しの通り。ユイカさんも【救世の契り(ネガ・メサイア)】の仲間よ」

「違うよぉ。それより、時間があるからゆっくり行こう～？」

「嘘しか言えないってことは、つまり……今のは『時間がないから早く行こう』ってこと？」

「理解が遅いねぇ～」

「ありがとう、ございます……？」

なんだかなぁ、と微妙な顔をする俺を見て、ユイカさんはくすくすと笑った。

天稟(ルクス)のせいで望まぬ不便を強いられる人も多い。彼女にも言葉で語れぬ苦労があったはずだ。

けれど彼女の笑顔は過去の苦悩を感じさせない、屈託のないものだった。

俺が「指宿イブキ」に転生する前。

つまり前世において、一番好きだった漫画がある。

それは『私の視た夢』という作品だ。略称は『わたゆめ』。

女性だけに異能力が発現したことで女尊男卑となった現代を舞台に、主人公・ヒナタが異能犯罪を取り締まる警察組織で成り上がっていくさまを描いている。

女尊男卑の世界という設定だが、これは主人公のような少女たちが最前線で戦う理由付けとしての側面が強く、特に百合的な恋愛要素などがあるわけではない。

ただ、ひたむきな少女ヒナタと彼女のバディである気難し屋な少女との凸凹コンビが人気を博し、某SNSでバズったのをきっかけに、ちょっとした社会現象にもなった。

それが、この世界の元となった『私の視た夢』という漫画だ。

あるいはこの世界が元となってできたのが『わたゆめ』だったのか。

どちらにせよ、この世界が完全に『わたゆめ』という作品とリンクしているなら、俺はこの先の展開を知っているということになる。

問題は二つ。

一つは、『わたゆめ』が未完の作品だったこと。

前世の俺は重度の『わたゆめ』オタクであり、展開だって完璧に記憶している。

だが、それは刊行されている範囲での話だ。

原作の方はまだまだ折り返し地点といったところで、俺は結末を知ることなくこの世界に転生してしまった。

もう一つは、この世界の「指宿イブキ」の中身が〝俺〟だということ。

原作のイブキは、ヒナタちゃんにとってただの顔見知りの「近所のお兄さん」だった。

しかし、いまの俺は彼女とは幼少期からそれなりに関わりを持っている。「近所のお兄さん」よりは距離感も近い。

とはいえ。

前者に関しては考えるだけ無駄。

元々、これから先の未来を知っている方がおかしいのだ。

むしろ途中まで知っているだけで儲けものである。

後者に関しても、現時点で多少の誤差が生じている程度。

俺も「イブキ」も物語を大きく変えるほど大それた人物ではないし、ヒナタちゃんの行動は原作とほとんど変化ないだろう。

つまり、俺が知っている物語の前半部分に、現時点で変わった箇所はない。

だからこそ、俺は今ここに立っていられる。

「ね、ねえ、あのローブ、【救世の契り（ネガ・メサイア）】のだよね」

ここは東京の主要都市、桜邑（おうら）。

その駅前には、さながら華の都パリのごとく何本もの目抜き通りが延びていた。

そのうちの一本、十階前後の高さのビルが立ち並ぶ大通りに、一際目立つ時計塔があった。

「通報は？」

「もうしてる！」

「警官隊がビルの下を包囲してるって！」

「も、もっと離れようよ」

「これだけ離れてれば大丈夫だって」

街のシンボルでもある時計塔の頂上を――こちらを見上げて指を差し、ざわつく観衆の輪が広がっていた。

彼らの表情に混じり合うのは不安と敵意、そして一抹の好奇心。

その矛先は俺自身というより、悪の組織として名高い【救世の契り（ネガ・メサイア）】の黒いローブ姿そのものに向けられている。

それを一身に受けながら、深呼吸。

緊張はしている。多少どころではない。気を抜くと足が勝手に震えてしまいそうなほどに。

それでも、

「――うん、大丈夫。準備は万全だ」

【救世の契り（ネガ・メサイア）】に所属してから初となる今回の任務、それは陽動だった。

本命はクシナの方であり、彼女が目的を遂行しやすいように邪魔者を引きつけておくことが求められている。

ゆえにクシナは駅を挟んだ街の反対側におり、この場にいるのは俺一人だ。

あの心配性の幼馴染は最後まで俺の心配をしていたが、こちらの説得によりしぶしぶ自分の任務へ向かった。

事実、騒ぎを起こして逃げる程度の役目なら、俺の戦闘向きではない天稟(ルクス)でも十分にこなせる――

そのはずだった。

残念ながら、クシナの心配は数十分の後に現実のものとなる。

今日、これから始まるのは原作『わたゆめ』の第一話だ。

憧れのヒロインとなった主人公(ヒナタ)の初めの一歩(プロローグ)。

初任務で彼女が捕まえた相手が顔見知り(イブキ)であったことに衝撃を受け、なんやかんや乗り越えて決意して……みたいな諸々がある。

で、その第一話にありがちなthe・咬ませ犬が「イブキ」だ。

この世界には極少数だが天稟(ルクス)に目覚める男性がいる。

彼らには「男性が虐げられているこの世界を変えよう！」みたいな思想を抱く奴も多い。

そういう手合いのほとんどは【救世の契り(ネガ・メサイア)】なんて名前の、いかにも世界を解放しそうな集団に所属する。

原作の「イブキ」はまさにそれだった。

……まあ、色々あって結局、今の俺もこの組織に身を置くことになったのですが。

おそらく「イブキ」も今の俺と同じ指令を受けていたのだろう。

警官隊と真正面からやり合った彼は、駆けつけたヒナタちゃんによってあっけなく制圧され、あえなく刑務所送りとなる。

原作のイブキくんは、この世界で天稟（ルクス）に目覚めた男にありがちな「自分は選ばれたのだ」という傲慢な考えに浸る愚か者であったから仕方ない。

なにより――相手があの天才、傍陽ヒナタだったのだから。

しかし、それは原作での話だ。

今のイブキ――俺にこんなところで捕まる気はない。

「……来た」

ずざぁっという着地音が背後で響く。

直後、強風が吹きつけられた。

人域を超越したスピードでやってきた彼女の余波だ。

風に煽（あお）られて揺れるフードを押さえながら、俺は振り返る。

「――――」

天稟（ルクス）による事件が横行しはじめた世の中で、それまでの警察はその力を失った。

それに代わるようにして政府管理の下、新たな警察組織が構築される。

白染めの隊服をまとう彼女達こそ、現代における治安の要。

異能犯罪対処のエキスパート。

「【循守の白天秤（プリム・リーブラ）】第十支部所属の天翼の守護者（エクスシア）です」


春の陽光のような普段の声音とは違う、芯の通った声音。

純白の外套（コート）がひるがえる。

「神妙に、お縄についてもらいます」

傍陽（ヒロイン）ヒナタの桃色の瞳が、まっすぐにこちらを射抜いた。

「——残念ながら。それはできない相談だね」

努めて、淡々とした声を出す。

そうでもしないと、内心渦巻く興奮とか歓喜とか緊張とかが暴れ出しておかしくなってしまいそうだった。

だって、ついに俺は立ち会っているのだ。

あれほど熱狂した最推しキャラの、その第一歩に。

「……一応訊いておきます。【救世の契り（ネガ・メサイア）】の構成員で間違いありませんね？」

こちらが男であったことで若干の躊躇（ちゅうちょ）が生じたのであろう。

最終警告とばかりにヒナタちゃんが尋ねてきた。

だから精一杯、気張って応える。

彼女の前で情けない姿を晒さぬように。

「ご名答。俺は【救世の契り（ネガ・メサイア）】構成員――」

本当は敵として君の前に立つ以外の道もあっただろう。

けれど紆余曲折を経て、悪の組織に身を置くと決めた。

ならばいっそ、と思ってしまったのだ。

「コードネーム〈乖離〉だ」

大好きだったこの世界に転生して、最推しの君が実在している。

ならば俺が憧れた、天翼の守護者（エクスシア）としての傍陽ヒナタをこの目で見たい。

だから俺は、君の敵としてここにいる。

「これから、よろしく頼むよ」

敵の言葉にしては奇妙なものだったからだろう。

ヒナタちゃんはやや怪訝（けげん）そうな表情を浮かべた。

そんな彼女に、くるっと背を向けると俺は――、

「…………え？」

全力で、逃げ出した。

「えええええっ!?」

そもそも、オタクが推しに手を上げるとかありえない。

ゆえに、真正面から戦闘とかありえない。

したがって、僕は逃げます。
Q.E.D.
「──待ちなさいっ!!」

まさか戦う素振りも見せずに逃げ出すとは思わなかったのだろう。

ヒナタちゃんは泡を食って追いかけてきた。

まじめに補足すると、俺の天稟(ルクス)が戦闘向きではない、というのも逃げる理由の一つだ。

より正確には、攻撃手段が一切ない。

俺は肩越しに、ヒナタちゃんが追いかけてくるのを確認し、

「お先に」

「な……っ」

高さ三十メートル近い時計塔の屋上から、身を躍(おど)らせた。

群衆から悲鳴が上がる。

普通であれば、警官隊が囲む地上へと真っ逆さま。

観衆にスプラッタな光景をお届けすることになるに違いない。

しかし、俺の身体はぽーんと放物線を描いて群衆の頭上を越え、

「よっ、と」

少し離れた隣のビルの屋上へと、ふわりと着地した。
俺の天稟(ルクス)は――《分離》。
それを上手く〝応用〟することで可能となる芸当だった。
簡単そうに見えてその実、タイミングがかなりシビアで大変。
けれど、それをあの子に悟られるのは格好悪い。
俺は余裕たっぷりに振り返ると。
向かいのビルに取り残された正義の味方を、ちょいちょいと人差し指で挑発した。
「っ、この……っ」
むっ、と眉を顰(ひそ)めるヒナタちゃん。
うちの推しはどんな表情でも可愛い……とか言ってる場合じゃない。
俺は彼女の次の行動を見ることなく、逃亡を再開する。
わざわざ見ずとも分かる。
俺でもそれなりの苦労でできるんだ。あの子なら労せずにできるに決まっている。
一人一人が一騎当千の力を持ち、並みの天稟(ルクス)持ちなど相手にもならない。
だからこそ彼女たち天翼(エクスシア)の守護者は特別なのだ。
「――待ちなさいと、言ったはずです」
ほら、稼いだ距離はもう、声が届くほどに縮まっている。
咄嗟に床を蹴って、横に転がる。

先ほどまで俺のいた場所を純白の旋風が通り過ぎた。

顔を上げれば、再び目の前にはヒナタちゃんが立ち塞がっている。

彼女がいきなりの逃亡に驚いている間に稼いだ距離は、あっという間に無に帰した。

それを成した彼女の天稟(ルクス)は——《加速》。

彼女は自らを、加速させる。

その速さに制限はなく、理論上、世界の何よりも速くなれる。

選りすぐりの天稟(ルクス)を使いこなす【循守の白天秤(プリム・リーブラ)】の隊員、天翼の守護者(エクスシア)。

最年少にしてそこに所属する主人公・傍陽ヒナタが天才たる所以だ。

——だからこそ、この〝逃げるだけ〟の陽動にも意味が生まれる。

彼女たちが一騎当千であるということはつまり、それだけ絶対数が少ないということでもあるのだ。

俺はローブの裾をはたいて汚れを落としながら立ち上がる。

「待つのは出来ない相談だと答えたはずだけど」

「ごめんなさい、問答をしている暇はないんです。あなたのお仲間が別の場所で起こした騒ぎの方に向かわなければならないので」

【循守の白天秤(プリム・リーブラ)】は基本、二人一組で巡回任務に当たっている。

だからこその、俺の陽動とクシナの本命。

ヒナタちゃんペアが担当する巡回地区で二箇所の事件を起こし、ツーマンセルを引き離すことが目的だった。

クシナからは「一〇分だけ稼いでくれる？」と言われているが、俺が通報されてから今まで五分そこそこ。

少なくとも、あと五分はヒナタちゃんを引きつけておく必要がある。

「ずいぶん余裕がないけど、そんなに相棒が心配かな？」

「……心配なんてしていません。わたしの相棒はとても強いですから」

「なら、急ぐ必要もないだろう」

「敵と馴れ合っている暇があるなら仲間を助けに行くのは当然です」

「その割には落ち着かないように見えるけど――ひょっとして」

わざとらしく小首を傾げてみせる。

「まだ天翼の守護者（エクスシア）に慣れてないのかな？」

この場にクシナがいたら白々しいと呆れられただろう。

ヒナタちゃんが今日で初任務だなんて元から知っているのだから。

けれど、こちらの正体を知らない少女は動揺を見せた。

「………っ」

「おや、図星みたいだね」

ヒナタちゃんは天才で、逆立ちしたって俺じゃ勝てない。

だから、まだ十五歳の君の弱さを突かせてもらう。

心を揺さぶって、時間を稼ぐ。

君のことも、今日のこともよく知っている。

今日ここで君から逃げ回ることになるなんて、ずっと前から分かっていた。

逃走手段も、君の天稟も思考回路も、おおよそ全て想定済みだ。

逃走経路に至っては地下水道すらも網羅している。

「まさか今日が初めての任務だなんてことはないだろう？」

「そ、そんなことありませんっ」

「へぇ？　そういうわりには、エンブレムが逆だよ？」

「っ⁉」

ぱっと胸元を抑え、慌てて確認するヒナタちゃん。

リボンの結び目には、天秤と翼をモチーフにした正義の紋章。

正しく、天翼の守護者たる証が着けられていた。

当然、逆向きに着けているなんてことはない。つまり、

「騙し……っ」

「初々しいねぇ」

「～～～～っ！」

くすりと笑うと、ヒナタちゃんは顔を真っ赤にする。

ああその表情めっちゃ可愛――じゃなかった。

彼女が平静を取り戻す前に、俺は身を翻す。

――プランBに移行。

「じゃあね、新人さん」

「あ……っ！」

俺は再び屋上を飛び出し――今度こそ跳ばずに、真下へ落ちる。

地面に激突する瞬間、またしてもふわりと着地。

振り向きもせずに、そのまま裏路地を駆け出した。

こうして身を隠さずに走っていれば、ヒナタちゃんは諦めずに追い縋ってくるだろう。

「もう許しませんから！」

ほらね。

ちなみにプランBのミソは上下の立体軌道。

ヒナタちゃんの《加速》は、あくまでスピード補正であって肉体を強化する効果はない。

俺と違って、地面にレッツ・フリーフォールというわけにはいかないのだ。

とはいえ、狭い路地裏である。

「ふっ、えいっ、やぁっ」

あの主人公なら左右のビル壁を蹴り降りながら追いかけてくるなんて平然とやる。

あっという間に縮まっていく彼我の距離。

そんなことは当然、分かっていた。――あと掛け声が可愛いこともね！

なので、俺は慌てず騒がず進路を急転換。十字路を右に曲がる。

「その程度で、わたしから逃げられると――わぁっ⁉」

プランC、『立地をうまく活かそう』。

俺を追って勢いよく飛び込んできたヒナタちゃんは、咄嗟に壁を蹴って急停止した。

彼女の前を遮るのは、縦横無尽の電線。

ビル同士の距離が近い路地裏だと、配線が入り組んでいるところがある。

要はそれを利用して障害にしてやろうぜ、というのがプランC。

「さっきから絶妙に人がイヤなことをぉ……！」

ヒナタちゃんがぷんすか怒ってる間にも俺は走り、彼女の次の行動は何か考える。

電線群の上から追いかける、ならプランD。

一旦地面に降りる、ならプランE。

あるいは、

「そう来るか」

ヒナタちゃんは入り組んだ配線の中を突き進んできた。

掴んで、蹴って、弾みをつけて。

抜群の運動神経と《加速》の強弱で距離を縮めてくる。

「じゃあ、プランFでぃ――」

そこで。

俺は重大なことに気づいた。

気づいてしまった。

繰り返すが、ヒナタちゃんは【循守の白天秤（プリム・リーブラ）】の隊員だ。

彼女ら天翼の守護者（エクスシア）には腕章と同様、巡回任務中に隊服を身につけることが義務付けられている。

だが、それらは全くもって同じものというわけでもない。

個々人によってアレンジがされていることがほとんどだ。

その見た目をもって、隊員それぞれが治安維持の偶像（アイドル）として扱われるのである。

それは新人であるヒナタちゃんも同様。

「追いつきました！　もう逃さな――」

あっという間に追いついてきたヒナタちゃんは丁度、もうすぐ俺の頭上に差し掛かろうかというところ。

そしてヒナタちゃんの隊服は、白地に桃色の差し色が施されたもので。

下は――スカートだった。

だから、真っ白なプリーツスカートの下。

「……ピンク」

「え……？」

フードで隠れていてもこちらの視線の向く先がわかったらしい。

「ひっ――きゃあああああっ!!」

ヒナタちゃんはぎゅっと両脚を合わせて、スカートを両手で抑えた。

ほぼ真上なのであんまり意味はないのだが、それよりも。

「……ぁ」

電線なんて不安定な足場の上でそんなことをすれば、当然バランスも取れなくなる。

くるっと電線がひっくり返り、ヒナタちゃんの身体も逆さまになった。

猫じゃあるまいし。

いくら恵まれた天稟（ルクス）や身体能力を持っていようと、上下も分からず空中に投げ出されてできることなんてない。

ましてや高さは一〇メートル近く。

自分がどうなるか悟ったヒナタちゃんは、宙空でぎゅうっと目をつむる。

しかし、

「ぅ――あ、れ……？」

彼女の落下が、ふわりと止まった。

恐る恐る目を開いたヒナタちゃんが、今の状況に気づく。

俺の腕の中――いわゆるお姫様抱っこを、敵の男にされている状況に。

「ふぇっ⁉」

元はと言えば俺のせいだし、本当に敵ってわけじゃないし、そもそも君のオタクだし。

助けずに見てるわけがない。

「え⁉　な、なんっ⁉」

今の状況が理解できても、その理由は理解できないヒナタちゃんが腕の中で狼狽(うろた)える。

対する、俺は――――。

『代償(アンブラ)』。

それは文字通り《天稟(ルクス)》の代償として在るものだ。

そのため大抵の場合は、その人の天稟(ルクス)に関係あるもののことが多い。

例えば、カフェ店主であるユイカさんの代償(アンブラ)は『虚言(きょげん)』だという。

そこから考えられる彼女の天稟(ルクス)は、真実か嘘、もしくは発言に関わる何かだろう。

このように《天稟(ルクス)》と『代償(アンブラ)』はどちらかを知ればもう一方を推察することもできる。

だから普通、他人には教えられない個人情報として扱われるのだ。

また代償(アンブラ)は、それが課せられるタイミングも人それぞれである。

ユイカさんなら、彼女の『虚言』は〝常時展開型〟に属する。

いつも支払われる代償、というわけだ。

この他にも三つのパターンが存在し――俺の場合はその中の一つ、〝促成展開型〟と呼ばれるものだった。

一言で表すなら「後払い制」である。

天稟（ルクス）を使った後、「代償を払わねば」という強迫観念が徐々に脳内で強まっていくという、代償（アンブラ）の中でも随一のウザさと陰口を叩かれるものだ。

そして《分離》に対応する、俺の代償（アンブラ）は――。

「あ、あの……」

先ほどまでの勢いがしぼみ、腕の中で頬を淡く染めているヒナタちゃん。

そんな彼女の脚を抱える右腕をするりと引き抜く。

すたっと軽やかに降り立ったのを確認して、

「先に謝っておく。ごめん……っ」

ヒナタちゃんの背中を支えたままの左腕で――ぐいっと抱き寄せた。

「ひゃうっ！？？！？」

『接触』。

より詳しくは『他者との接触』。

それが、俺の代償（アンブラ）だった。

「っ!?　っ？？！、！？！？？」

両腕でぎゅううっと小柄な身体を抱きしめる俺。

腕の中で身悶（みもだ）えしながら、言葉にならない悲鳴を上げるヒナタちゃん。

こんな状況でも俺の頭の中を占めるのは「《分離》を行使した分の『接触』を支払うこと」だった。

これが促成展開型の代償（アンブラ）の特徴。

支払いの催促は水のように頭の中を満たしていき、一度でも支払いが始まるとダムが決壊したようにそれを行う。

今回は陽動作戦開始前から準備や下調べに天稟（ルクス）を使いまくってたのが災いした。

──やばいやばいやばい全然代償（アンブラ）が終わらないいいいいいいい!!

代償（アンブラ）の支払いでいっぱいになった脳内の片隅で焦りだけが募っていく。

それでも途中で止めることなどできず、やがて──。

「……っ。あぅ……」

時間にして、実に三〇秒ほど。

最初の方はじたばたともがいていたヒナタちゃんは既にくったりと力を抜いていた。

「──っ！」

正気を取り戻した俺が一瞬で飛び退る。

残された天翼の守護者（エクスシア）の少女は、その場でぺたんと座り込んだ。

「ご、ごめっ……！　今のはっ、違くてっ……！」

咄嗟に何か言い訳しようと口を開くが、何も言えることが思い浮かばない。

そんな俺をよそに、ヒナタちゃんは顔を耳まで真っ赤にして俯（うつむ）いたまま。

片手でスカートの前を、もう片方の手で胸元をきゅうっと抑えている。

「はぁ……はぁ……」

天稟（ルクス）がもたらした男女の確執により、この世界の女性は基本的に男性と接する機会が少ない。

父親以外と話したことがないなんて女子もざらにいるくらいだ。

要するに男への免疫が皆無な子が多く――主人公（ヒナタちゃん）も、例外ではない。

「お……ぃさんにも、あたまなでてもらったことしかないのにぃ……」

あわあわする俺の耳に、ヒナタちゃんの呟きがぼそりと聞こえた。

多分おとうさんにも頭撫でてもらったことしかないって。

な、なにかフォローを……。

いやでも、今の俺はイブキじゃなくて〈乖離〉であって――、

「……あ」


ふと思い至る。

そうじゃん、俺の目的、陽動じゃん。

【救世の契り（ネガ・メサイア）】の印が入った懐中時計――これが団員証の役割を果たしている――を開く。

指定された一〇分が、ちょうど経過したところだった。

もう一度、ヒナタちゃんの方へ目を向ける。

「よ、よくもぉ……っ」

彼女は涙目でこちらを睨みつけながら、よろよろと立ち上がる。

いつもは優しさを湛えた明るい桃色の瞳がぐるぐると渦巻いていた。

――うん、逃げよ。

「じゅ、充分に時間は稼がせてもらったよ。それじゃあ、またね、ヒナタちゃん」

俺はくるりと反転。

すぐそこに迫っていた表通りに飛び出した。

「ま、待ちなさ――」

未だ治まらぬ混乱か、羞恥か。

ヒナタちゃんが再び俺を追いかけてくることはなかった。

◇◇◇◇◇

気分は犯罪者だった。

というか事実、犯罪者だった。

正義の味方である十五歳の少女の下着を覗き、その後三十秒間にわたり抱きつくという猥褻(わいせつ)行為を働いた、犯罪者である。

そこまではまだいい(よくない)。

――問題はその少女が、俺の推しだったということだあああああああ!!! Ｙｅｓ!推し、Ｎｏ!タッチだろうがあああああ!!!

いくら推しの敵になったとはいえ、やって良いことと悪いことがある!

これではドルオタ高じてストーカー行為に及ぶ犯罪者と変わらないじゃないか……!

「おお、推(主)しよ……! どうか卑(いや)しき我が身に天罰を……!」

無事(?)に陽動を終え、いつの間にか辿り着いていたCafé・Manhattanの片隅。

そこで俺は机に頭を打ちつけ続けていた。

あまりの不審者ぶりに、来店時は「おとといきやがれぇ〜」と温かく迎えてくれた店主のユイカさんも、今では絶対にこちらを見ようとしない。

と、そんな地獄に、蜘蛛の糸が垂らされたかのように店のドアが開いた。

「――アレはなに？」

開口一番、その来客――クシナは引き気味に店主へ問う。

口を真一文字に結んだまま、ぷるぷると首を振るユイカさん。

どうやら嘘でも「わかるよぉ」とは言いたくないらしい。

「はあ、まったく」

クシナは呆れ混じりのため息を吐くと、すっとこちらに歩み寄り、

「ほら」

そう言って、顔を背けながら――両腕を広げた。

「……え？」

「ん」

やや頬を赤らめて、こちらに何かを促す幼馴染。

「い、いつものでしょ……はやくして……っ」

いつもの……？

そんなハグ待ちみたいなポーズでなにを……――あ。

『接触』の支払いか……！

「あ、ああ！　そう、いつものね！」

どうやら彼女は、俺が代償（アンブラ）の「人に抱きつけ！」という強迫観念に抗って奇天烈な行為に及んでいると思ったようだ。

さすが付き合いの長い幼馴染。

いつもなら、あながち間違いでもない。

――いつもならね！

しかし今日の俺は犯罪者なので、払う代償（アンブラ）はもうない。

だが、ここで断って「どこの誰にツケを払わせた？」となっては終わりである。

後ろめたいことがある俺は慌てて立ち上がり……ぎゅっとクシナを抱きしめた。

「んぅ、今日はつよいのね……」

「………うん」

いつもと違って代償（アンブラ）抜きで自発的に抱きつくのは結構、その、感触が違うと言いますか……。

支払いで頭がいっぱいになっている普段では分からない、クシナの息遣いとか熱とか柔らかさとかをもろに感じてしまう。

同時に頭の片隅に、自らの業の深さが渦巻く。

別の少女に抱きついて代償（アンブラ）を支払った上、それを隠すためにただ意味もなく幼馴染を抱きしめている。

なんでこんな浮気を誤魔化すクズ男みたいな真似を……。

罪悪感から逃れようと周囲に目を向けて――目が合った。

「ぁ……ぇ、え？」

この世界の女性らしく、頬を上気させて口元を押さえる、初々しいユイカさんと。

目を回す店主のお姉さんを見て、逆に俺は冷静になった。

客観的に今の自分を見てみよう。

カフェで「いつもの」とか言いながら美女と熱烈に抱き合――あ、ダメだこりゃ。

どうも、「犯罪者」兼「不審者」兼「クズ男」兼「バカップル」です。

聞いて驚け、ここまで全部、今日一日で起こった出来事。

「近所のお兄さん」とか遠き日の称号だ。

さすが『わたゆめ』第一話、話の濃さが違うぜ……ははっ……。

「あ、代償(アンブラ)か～。そ、そうだよね～」

Café・Manhattan の奥まったテーブル席にて。

まだ少し火照った頬を手で仰ぎながら、ユイカさんがぎこちなく笑った。

相槌なら嘘をつかずとも喋れるんだなー確かに相槌に嘘とかないしなー、と現実逃避気味な考えが頭をよぎる。

「後払いで他人を巻き込む、傍迷惑な代償（アンブラ）よね」

落ち着かない俺たちをよそに、クシナが澄まし顔でコーヒーを口にする。

が、隣席の彼女は時折もじもじと脚を擦り合わせていた。

内心、羞恥に悶（もだ）えている証拠である。

対面のユイカさんはそれに気づいた様子もなく頷いた。

「楽そうだね～……」

本当は「大変そうだ」と言いたいのだろう。

それでも常に嘘を強要されている彼女の前だと、言葉通りに受け取りたくなる。

「ユイカさんよりは楽ですよ。人に触れさえしなければ、半日くらいは我慢できますから」

彼女は困ったように眉を下げた。

……元々隠しているわけでもないし、この人ならいいか。

「《分離》。それが俺の天稟（ルクス）です」

出し抜けにそう言うと、ユイカさんは丸くて大きな目をぱちくりと瞬いた。

それから胸の前で両手を合わせ、にこぉ～っと嬉しそうに微笑む。

「ありがとう～！」

天稟（ルクス）が個人情報とは言え、感覚的には身長や体重に近い。

痩せていて自信があれば喋るし、太り気味で隠したければ他言はしない。

一目見れば大体どのくらいか分かる身体的な特徴と同じで、天稟（ルクス）だって人前で使えば大雑把にはバレる。

わざわざ隠すのなんて天稟が生命線で、後ろ暗いところのある悪い奴ら（そうです、僕らです……）だけだ。

けれど、それを明かすということは間違いなく信頼の証なのである。

「でも～……ブンリって、分離？」

ユイカさんが合わせた両手をパッと離しながら、小首をかしげる。

「そうそう、その分離です。〝天啓〟によれば《接触している二つの物体を引き離す天稟》だそうですよ」

「それは～、不便な天稟じゃない？」

彼女は「不便な天稟」と言ったが、たぶん「便利な天稟」と言いたかったのだろう。

「概要だけだと便利に聞こえるんですよね。問題は発動条件で、『二つの対象の視認』が必要なんです」

「ん～っと……」

頬に人さし指を当てがって悩むユイカさんを見て、黙していたクシナが口火を切った。

「例えば」

彼女は自分が飲んでいたコーヒーカップを前に押し出す。

「このカフェラテ、コーヒーとミルクで出来ているわよね？」

「あと辛党のクシナちゃんのためにちょっぴりの蜂蜜ねぇ」

「クシナが辛党？　……ああ、逆か。クシナ、めちゃくちゃ甘党だもんね」

この感じだと蜂蜜も「ちょっぴり」ではなく「たっぷり」入れたのだろう。

「………それは今はいいのよ」

ちょっぴり耳を赤くしたクシナは「そんなこと態々言わなくてていいでしょ」と悪態をつく。

「それで～？」

「……。貴女はこのカフェラテのコーヒーとミルクをそれぞれ視認できるかしら？」

ユイカさんは首を振って否定する。

「ん、それと同じ。イブキが認識できないものは対象外なのよ」

「へぇ、意外と緩い条件なのね～」

「厳しい、というよりは面倒なんですよね」

完全に説明をクシナに丸投げしていた俺はぬるっと会話を引き継ぐ。

有能な幼馴染がジトッとした目でこちらを見てくるが無視した。

「そもそも見えないほど遠くのものは無理ですし、カメラ越しの物体とかも無理です」

「となると～……」

「基本的に目の届く範囲の固体にしか使えません。しかも……」

俺は先ほどから説明に使われているカップを視た。

天稟を発動すると、木製の長机に置かれているそれが浮かぶ。

——極々僅かな時間、極々僅かな距離だけ。

「………」

ユイカさんは絶妙に微妙な表情を浮かべた。

そんな表情にもなるだろう。

なにせ傍目には、コーヒーカップがことり、と音を立てたようにしか見えない。

「え、え〜っと、でもぉ」

「あらかじめ言っておくと、カップの取手を本体から分離させることもできませんよ。俺が『取手も含めて一つのカップである』と認識していますから」

「………」

「いいんですよ！　『粗大ゴミの解体にすら使えないとかw』って笑ってもらっても!!」

「そ、そこまではぁ……」

俺の勢いに身を引いたユイカさんが頬に手を当て、目を逸らす。

汎用性が低い上に、攻撃力は皆無。この攻撃手段の無さでどうやって戦う気だったんだろう原作のイブキくん、というレベルの弱天稟(ルクス)だ。

「で、でも、よく天翼の守護者(エクスシア)相手に捕まらなかったねぇ……？」

ユイカさんが誤魔化すように微笑んだ。

「ああ、《分離》を応用して逃げ回ってただけですよ」

「応用……？」

「はい」

俺は気を取り直して背筋を伸ばす。

「この《分離》には二つのプロセスがあるんです。最初に、一方の対象が持つエネルギーをゼロにすること。次に、二つの対象間に僅かな空間を生むこと、です」

机上のカップならば、万有引力とかの力学的エネルギーを一瞬だけゼロにする。

同時に両者の間に一ミリにも満たない空間を生み出す。

その結果、カップがちょっとだけ机と分離する。こんな感じ。

「ビルから飛び降りてたのは～？」

「一つ目の応用です。激突の瞬間に落下のエネルギーをゼロにしたんですよ」

「え、えぇ？　あの、カップを浮かせるくらいのちょお～っとの発動時間で……？」

「〇・一秒でもタイミングをミスると普通に潰れますね」

「うそぉ……」

嘘吐きに嘘って言われた……。

ふと気付く。

「あれ、なんで俺がビルから飛び降りてたの知ってるんですか？」

「え～？　普通にラジオだよ～？」

「ラジオ……？」

そんな詳細に分かるものか？　と首を傾げる俺に、ユイカさんは店の片隅を指差す。

その指の先、天井付近にごく一般的な液晶テレビが据えられていた。

「ああ、ラジオじゃなくてテレビか……。へえ、天稟(ルクス)絡みの事件の中継とかもやってるんですね」

ユイカさんは頷く。

「まあ今回は二人が速(遅)すぎて途中でついていけなくなったんだけどぉ――って、知らないのおっ？」

驚愕まじりの声をあげるユイカさん。

クシナが肩を竦めて言った。

「イブキ、眼に悪いからって電子機器にまったく触れないのよ」

「あはは、俺の天稟(ルクス)は眼が悪いと話にならないので」

「やりすぎだって言いたいんだけどね」

体質なのか知らないが、俺は昔から眼が異常に良かった。

静止視力に伴って動体視力も常人離れしている。

本気で集中すれば、通過する電車の乗客一人一人の特徴を余裕で細かく見分けられる程度には。

「そのおかげで高い所から飛び降りても着地の瞬間に《分離》できてますから」

「ほぇ～……」

眼の良さ＝生命線と同義である以上、やりすぎなくらいで丁度良い。

「とにかく、そういうわけで《分離》と『接触』なんですけど……クシナとここで代償(アンブラ)の支払いを済ませることもあると思うんで、その時はよろしくおねがいします」

「い～え～」

ユイカさんは「お断りです」とも「お気になさらず」とも取れる器用な嘘で返事する。

慣れてるなあ、と思いつつ補足。

「まあ、今日ほど強いことはそうそうないと思いますけどね」

「まったく、もう」

「昔から助かってるよ。ありがとう」

「ふん、いい迷惑よ」

唇を尖らせ、ふいっと顔を逸らすクシナ。

しかし何を思ったか、ふとユイカさんの方へと目を向ける。

そして彼女の目がじいっと自分を見つめていることに気付いてビクッと肩を跳ねさせた。

……ふむ。

「ひょっとしてユイカさんの異能って《嘘を見破る》とかですか?」

「すっご〜い。大ハズレだよぉ!」

うん。大正解らしい。

彼女の代償は『嘘しかつけない』、つまり『真実を言えない』だった。

天稟はその反対で、あの様子だと嘘が視えるのだろう。

「やっぱり、そうでしたか」

「――って、ちょっと待ちなさい。なんで今ので気づくのよ!?」

「なんでだろうね〜」

「う、嘘なんてついてないわ……っ」

「ユイカさん」

「本当だよ～」

「嘘だってよ？」

「嘘じゃないから……っ」

もはや嘘なんだか本当なんだか分からない会話を繰り広げる俺たち。

一人は男だが姦(かしま)しい話し声が響く店内に、

――カランカラン。

新たな客が、呼び鈴の音とともにやってきた。

「邪魔するぜ」

お客さんは大柄な成人男性だった。

男の客ってだけでもそこそこ珍しいのに、ガタイまで良いとなるとレア度は一段と上がる。

この世界の男は基本的に皆なよなよしてるからね。

肝心なのは男の正体だ。

なにせ今このカフェは「closed」を掲げている。

間違えて入ってしまった客でないとするなら、答えは一つ。

「おう、〈真実(マコト)〉に――〈刹那〉までいるじゃねぇかよ」

【救世の契り(ネガ・メサイア)】の構成員だ。

ユイカさんとクシナをコードネームで呼んだことからも確かだろう。

さて、ここで問題が出てくる。

同じ組織に所属しているからと言って、仲間とは限らないということだ。

そもそも【救世の契り(ネガ・メサイア)】は「弱者救済」という声明を掲げている。

テロリストが体よく使う常套句だが、前世のそれよりも人員は集まりやすい。

理由は単純で、天稟(ルクス)の存在にある。

天稟(ルクス)の強弱や代償(アンブラ)の程度によって、社会的に弱い立場が生まれやすいのだ。

『嘘しかつけない』ユイカさんなどはその典型だろう。

ウチの組織の構成員に、不遇に扱われがちな男が多い要因でもある。

しかして人の数は集まるのだが、各々が現実に不満を抱いている奴ばかり。

はっきり言って、治安が悪い。

悪い奴しかいないわけではないが、悪い奴ばかりなのは間違いない。

そうなると、悠々と近づいてくるコイツはどうなのかという話になり、

「…………」

「…………」

同席の二人の顔色はさっそく険しい。

口が裂けても愛想が良いとは言えない我が幼馴染はともかく。

身内にはにこやかに接してくれる店主さん――数時間前に知ったばかりだが――までもが微笑み

ひとつも見せないならば、この男の人柄は明白だ。

「よう、さっき珍しい客が来たって聞いたが——ソイツか？」

男は俺たちの机のそばまで来ると、こちらの空気など知らぬと言わんばかりに喋り始めた。

話題の矛先はどうやら俺らしい。

クシナが肩をすくめる。

「さあね、客なんていっぱい来てるでしょ」

「誤魔化すんじゃねえ。ウチの幹部のオマエが二年前に所属させたっきり一度も顔見せやがらねえ男だよ」

「…………」

「なァ？　——新入り」

うわあ、露骨に悪い顔してこっち向くじゃん、この人。……というか、いま正面から顔を合わせて気付いた。

——コイツ、『わたゆめ』三巻でウチの推し（ヒナタちゃん）にボコされたマジの敵だ！

推しの敵は俺の敵！　あんまり他人のこと言えないけどっ！

「ウチの幹部のクシナが二年前に所属させたっきり一度も顔見せやがらねえ男ですけど、そう云う君はどこのどなた？」

威圧的な視線を真正面から受け止めて言い返す。

視界の端でユイカさんが意外そうな顔をした。

普段クシナとこの店に来る時はヘラヘラしているからだろうか。

面食らったのは大男も同じだったらしい。

ユイカさんと同じような表情を見せた。

「俺か。俺は〈剛鬼(ゴウキ)〉だ。よろしくなァ」

よろしくしねぇよ。

「二年も女の後ろに隠れて出てこねえヤツが、どんな腰抜けかと思えば中々肝が据わってるじゃねェか」

なんだ、良い奴じゃないか。

「で？　なんでそんな男が、女なんかの下に付いてんだ？」

やっぱ敵じゃねぇか、騙しやがって。

「〈刹那〉が連れてきたらしいが関係ねぇ。オレの配下になれよ」

「配下？」

「ああ、女ごときの力なんざ要らねえ。男だけのチームだ」

コイツはいちいち「女」の後に「なんか」とか「ごとき」とか付けないと気が済まないのか……？

馬鹿らし……。とっとと断ってお帰り願――、

「馬鹿らし」

思わず本音を口走ったかと思ったが、その言葉の主は隣のクシナだった。

さすが幼馴染。以心伝心である。

「あァ？　今なんて言――」

「黙りなさい」

刹那。

〈剛鬼〉の眼前にナイフが突きつけられていた。

俺の隣に座っていたはずのクシナは、いつの間にか巨漢の横に立っている。

ちら、と机の上を見遣れば、カトラリーからナイフが一つ消えていた。

立ち上がってからそこに立つまでの一連の動作が全く見えない。あるいは動作自体が省略されたようにも見える。

超常現象とともに醸し出されるクシナの威圧に、〈剛鬼〉が口をつぐむ。

「今なら見逃してあげるわ。面倒だから」

ここで引かなければ、直後にどうなるかは彼にも想像できたらしい。

「………………チッ」

長い沈黙の後、舌打ちとともに一歩下がる。

「まだ早いか。……また来るぜ、新入り」

そして、捨て台詞とともに店を後にした。

店内には奴の残していったピリピリした雰囲気が立ち込めている。

とりあえず、

「ユイカさんのコードネームって〈真実〉なんですね」

「ちがうよぉ～（そうだよぉ～）」

「そこじゃないでしょ！」

ほのぼのと二人で会話を始めたのに、横から怒声が割り込んでくる。

「どしたの？」

「呑気なの？　面倒な奴に目をつけられたじゃない。これから気をつけて――」

「クシナが守ってくれるでしょ？　いつもありがと」

「……っ、あのねぇ」

「あ、照れた」

「照れてないいっ」

「ユイカさん」

「ほ、本当だよ～」

「嘘じゃないいっ！」

もうっ、とそっぽを向きながら席に戻るクシナ。

彼女はまるで危機感が足りてない人間を見るような目で俺を見る。

「とにかく、あたしのいない時は注意しなさいってことよ……っ」

そばにいる時は守ってあげるってことね、と言えば怒られるのは分かっているので。

俺はすごくにこにこしたまま黙って頷いた。

「――ああ、そうそう」

話は終わったと寛(くつろ)いでいたところ、クシナが思い出したように口を開いた。

「次の作戦、明日だから」

「おっけー……――明日っ!?」

「うん」

一瞬意味も分からず頷いてしまったが、おかしいだろ。

軽く肯定するクシナ同様、ユイカさんも呑気に新しいカフェラテを注いでくれている。

「いやスケジュール、タイト過ぎない？」

「普通はね。でも明日じゃないとダメなの。作戦内容は、明日移送される囚人の奪還だから」

クシナはカフェラテに蜂蜜を入れてかき混ぜながら、片手間に言葉を続けた。

「捕まってる幹部が移送されるから襲撃して奪い返そう、って話よ」

「え、待って、そもそも幹部捕まってんの？」

二度目の衝撃を受ける俺。

対するクシナはイヤそうに眉を顰(ひそ)めた。

「あの馬鹿、よく捕まるのよ」

「よく捕まんの……？」

急に重要性が薄れてきた気がする。

「そもそも移送日が明日って決まってるなら、今日襲撃しないほうがよかったんじゃない」

「護送車を襲撃したら、しばらくは近辺施設の警備が強化されちゃうでしょ？」

「逆も同じだろ」

「そっちはいいの」

結局、近日中に両方を行えば片方の難易度が上がるだけ。

至極真っ当な意見だったはずなのだが、幹部さんの意見は違うらしい。

「だって——捕まってる馬鹿を解放しちゃえば、確実に逃げられるから」

彼女は意味深な微笑みを浮かべると、甘いカフェラテを口にした。

第二幕　剣の雨

これは、俺がまだクシナと出会って間もない頃の記憶だ。

「イブキくんは、なにがしたいのですか？」

漠然とした質問だった。

けれど、その紫紺の瞳はひどく純粋で、真っ直ぐにこちらを見ていた。

だから俺も正面から彼女を見据える。

「俺は――【循守の白天秤】に入りたいんだ！」

ちょこんと膝を揃えてソファに座るクシナに対して、俺は自分の夢を語った。

「それで……」

「ええと、イブキくん。言いづらいのですけれど」

「ん？」

いつもは滅多に自分から喋ることなく静かに話を聞いている彼女がそっと、けれどはっきりとこちらの声を遮った。

珍しいな、となんだか不思議な気分で目を瞬かせて次の言葉を待ち――、

「【循守の白天秤】は女の子しか入れませんよ……？」

「えっ」

俺の目は死んだ。

こうして幼き日の願いは儚く散った。

その後色々あって、幼馴染の手助けをするために正義の敵に身を置くこととなった——つまり原作『わたゆめ』の筋書き通り破滅ルートへと足を踏み入れたわけだが、ヒナタちゃんとの初戦を逃げ延びた俺は正体バレ&捕縛エンドを回避したことになる。

となると、問題はこれから自由の身となった俺がどう動くかだが——まあ推し活だよね！

俺から積極的に何か行動を起こすつもりはない。

幹部〈刹那（セツナ）〉の唯一の部下として彼女を手助けするだけだ。

それだけで自然と正義のヒロインたる最推し・傍陽ヒナタを最前列で見続けることができる。

……それに、『わたゆめ』で登場したヒナタちゃん以外のヒロインも見られるかもしれない。

というか第十支部管轄の桜邑でことを起こす以上、その可能性はとても高い。

動機は正直自分でもどうかと思うが、誰かの命を脅かす指令でもない限り、俺は幼馴染の手助けをするまでである。

というわけで、ヒナタちゃんとの交戦（?）から一夜明けた、護送車襲撃作戦当日。

「ええっ？　昨日、イブキが陽動した天翼の守護者（エクスシア）ってヒナタだったの？」

きょとんと見開かれたアメジストのごとく美しい紫瞳。

すっきりとした鼻梁（びりょう）と薄く色づいた唇の、柔和かつ完璧な顔立ち。

どこかの姫宮のように切り揃えられた、絹のように滑らかな黒髪。

身体付きは女性的な魅力に溢れている反面、華奢であり儚げでもある。

昔のクシナをそのまま大きくしたような容姿。

けれど、中身の方はここ数年で随分と変わった、としみじみ思う。

昔のままの彼女であれば驚いた時には、「まあ」と口元を抑えて目をパチクリさせていたに違いない。

桜邑を中心とした区全体において、巡回任務担当の天翼の守護者（エクスシア）は百人は下らない。

その中でもドンピシャでヒナタちゃんを引き当てた（ように見える）のだから驚きも一入（ひとしお）だろう。

まさかヒナタちゃんが配属初日から任務をこなしているとも思っていなかっただろうし。

まあ？　うちの推し、天才ですから？

「よりによってと言うべきか、なんというか……」

額に手を当てたクシナが、じろっとこちらを見る。

「まさか、バレてないわよね？」

「ないです、ないない…………たぶん」

「……まあ、ローブを着ていたなら大丈夫だと思うけれど」

クシナは俺たちが身に纏うローブに目を落とした。

ローブの生地は黒く、裾や袖に描かれた真っ赤な彼岸花の紋様が鮮烈に目に残る。

物自体は二人とも同じだが、クシナの方は指先が隠れるほどに袖が長い。

「あんまり実感ないんだけど……このローブ、ちゃんと認識阻害の効果があるんだよね？」

「ええ。フードさえ被っていれば、顔が見えていたとしても問題ないくらいよ」

曰く、【救世の契り（ネガ・メサイア）】のローブは顔の造形自体は分かっても「誰の顔だったか」というのが認識できなくなるのだとか。

つまり〈乖離〉の顔を見ても、それが俺の顔であると脳内で繋げることができないらしい。

例外は、あらかじめ〈乖離〉＝俺だと知っている時。

正体を共有している俺とクシナならばローブ越しでも互いに認識は可能だ。

「視覚情報ではなく記憶中枢に阻害を掛けている」とはクシナの言だが……うん、雰囲気は掴んだ。

ホントホント。

ちなみに、認識できない構成員同士が互いを見分けるのに使うのが、ローブに描かれた紋様である。

【救世の契り（ネガ・メサイア）】の幹部をはじめとした主要な構成員はそれぞれが象徴的な紋様を持っている。

クシナで言えば、彼岸花。

これで「お、アイツの部下だな」と認識しているらしい。

「これも作ってる人がいるんだよね？」

「うん、幹部の一人よ。その子は部下がいないけど」

「クシナだって俺しかいないじゃん……」

「ちなみに部下がいる幹部は六人中三人よ」

「半分しかいないじゃん……」

「その内、あたしともう一人は部下を一人しか持っていないわ」

「残ってる幹部一人だけじゃん……」

「ソイツが捕まってるのよ」

「終わってるよ、この組織」

残りの構成員は〈剛鬼〉くんみたいに特別強い者の部下になっているらしい。

協調性なさすぎでしょ、うちの幹部……。

……ああ、悪の組織だったね。

「ま、そういうことだから。せいぜい気張りなさい、あたしの右腕」

「はいはい――じゃ、現状確認から始めようか」

現時刻は早朝五時。

この時期にもなると、陽はすでに顔をのぞかせていた。

けれど、メインストリートから外れた往来には、人っ子ひとり見えやしない。

暗闇に乗じて襲われることもなく、周囲への被害を最小限に留められる。

護送には適した時間帯と言えよう。

それを臨む俺たちが立っているのは、またしてもビルの上だった。

昨日に引き続き二日連続での屋上入りである。

クシナがやや呆れの滲んだ表情を浮かべた。

「……バカと煙はなんとやら」

「俺の天稟の都合上、初動が高所の方がやりやすいんですぅ！」

「どうだか」

上下の機動力に長けた、逆に言えば前後左右の機動力に乏しいのが俺の《分離》なのでしょうがない。

バカだから高いところに登りたがるとかでは断じてないッ！

以下、今回の襲撃作戦の概要である。
①俺の長所たる上下の機動力を活かし、電撃的に護送車に接近。
②下に降りたらクシナがなんとかする。
「――以上!!」

「ねえ、あたしの負担大きくない？」

「なんと簡単ツーステップ!!」

「ねえ、バカって言ったの怒ってる？」

「どうだろうねぇ!!」

とまあ、②は冗談にしても。

昨日とは違って誰が布陣されているかも分からない以上、護送車への接近方法以外たいした作戦は立てられない。

複数の天翼の守護者によって護られているのだ。

下手な策を弄した程度で突破できるとも思えなかった。

ただ、もう少し踏み込んだ予想は可能だろう。

たとえば、動員されている護衛の人数。

「四人か、多くても六人くらいだと俺は思う」

「少人数なのは同意見。今回の護送はうちの諜報担当が掴んだだけで、本来は秘密裏のものだから」

「付け加えるなら、そもそもの人員不足も理由の一つだね。第十支部は設立からそんなに経ってない」

「確かにね。ヒナタが初日から駆り出されてたのもそのせいかしら」

まあ、そっちはもう一つ理由があるんだけど……。

それは俺が原作で読んだから知ってるだけであって、ここで言うべきじゃないので割愛。

「でも、もっと少ない可能性もあるでしょう？」

「ルート……」

「スマホのマップ、開いてみ？」

小首をかしげる彼女に、電子端末を操作させる。

「……ああ、なるほど」

口元に手を添えて、得心した様子のクシナ。

彼女が見ているであろう画面を脳裏に浮かべつつ、

「護送者の通り道は、街の中心に位置する第十支部から、三つ隣の区にある第三支部まで。その間、襲撃に適した場所が――」

「――ちょうど五ヶ所。それぞれの地形に合わせた天翼の守護者（エクスシア）が配属されてるだろうってわけね」

「そういうこと」

例えば、いま俺たちがいるビル群なんかは見通しが悪いので護送車に近づくのが比較的容易な場所の一つだ。

間違いなく高低差に対応できる者が動員されていることだろう。

「天稟（ルクス）の汎用性によっては人数を減らすことは可能だろうけど、せいぜい四人が限界じゃないかな」

「そうなると向こうの能力もどんなものか察しがついてくるわね」

クシナはうんうんと頷き、考え込むような仕草を見せる。

天稟（ルクス）の系統を予測しているのだろう。

「……ちょっと面倒かもしれないわね」

「どうしたの？」

「いや、昨日あたしがやりあった相手がね――と、ごめんイブキ、そろそろみたい」

そこで今までの話が切り上げられる。

素早く懐中時計を確認すると、護送車がここを通るよりちょうど一分前だった。

この子、相変わらず恐ろしく精密な体内時計持ってんなあ、と呆れつつ。

視線を眼下の通りに落とし、それが続く先へと滑らせる。

その向こうに――来た。

「じゃ、いきますか」

「ええ」

俺たちは同時に屋上から身を投げ、宙空を舞った。

車道のど真ん中に向かって落ちていき、地面との距離が数メートルに迫った頃。

――視界に集中。

途端に、景色がゆっくりと流れ始める。

地面に触れる瞬間に《分離》。

エネルギーが失われ、俺は無事に着地する。

すぐに横に視線をやり、アスファルトに激突する寸前のクシナを視た。

空中で猫のように体勢を整えていた彼女と路面を、分離する。

ふわりとローブを広げながら――幹部〈刹那〉は優雅に地に降り立った。

「ごくろうさま」

「はいよ」

護送車は着地点から二十メートルほどまで近づいていた。

一団は突如降り立った俺たちによって急ブレーキを余儀なくされる。

「襲撃ッ！　一瞬でも警戒を切らすな‼」

護送車の先頭に陣取っていた天翼の守護者が声を張り上げた。

数秒と置かず、周囲の仲間が警戒体勢に移る。

護送車の運転席から飛び出してきた女性を含めて、その数四人。

こちらの予想の範囲内だった。

迅速な対応から、練度の高さも伺える。

その起点となるのが、リーダーと思しき先頭の女性。

「紋様は彼岸花！　敵は幹部〈刹――」

彼女は襲撃者の正体をいち早く確かめ、味方に周知しようと――。

「頭は貴方ね」

クシナはすでに、リーダーと思しき女性隊員の後ろに立っていた。

「な――っ、ぁ」

現れた時には既に振り上げられていた手刀が、リーダーの意識を真っ先に刈りとる。

「《転移》の天稟だッ！」

「下がれ……っ！」

残された三人が一斉に飛び退く。

「まず、一人」

【救世の契り】が幹部【六使徒】。

その第三席たる〈刹那〉を前にしては、早さも速さも意味をなさない。

先ほど屋上で作戦確認をした際、あたしの負担大きくない？　などと嘯いていたクシナだが、とんでもない。

むしろ彼女にとっては役不足というものである。

無論、敵も甘くはない。

ここまで上手くいったのは奇襲の上での初撃だったからだ。

クシナもそれを分かっていて、まずリーダー格を昏倒させたのだろう。

「〈刹那〉の転移距離は長くない！　距離を取って！」

すぐに代わりの者が指揮を取り、護送車を背に各々が散る。

やや距離が離れた布陣によって戦況は膠着。

クシナと三人は睨み合う。

——さて、ここからは時間の戦いだ。

陽動のため時間を稼いだ昨日とは違って、今度はこっちが急ぐ必要がある。

昨日俺たちが起こした事件によって、厳戒態勢があちこちで敷かれているはず。

となると、敵の増援も早くなって然るべき。
二、三分で片を付けなきゃならない。
ゆえに最初に動いたのは、クシナだった。

彼女は手近な一人を目指して駆け出す。

今度は先ほどと違っていきなり敵の後ろに現れたりはしない。

「シ――――ッ！」
接近された一人が液体の入った小瓶を複数、クシナに向かって投げつける。
それが彼女の周囲に届いた瞬間、破裂。
中の液体が白く色付き、細長い棘（とげ）をかたどってクシナに急迫した。
――氷結能力。
水辺に適した天稟（ルクス）だな。
川の横を通る護送ルートから想定できた一人だ。
その氷棘（ひょうきょく）がローブ姿を刺し貫く寸前、
「――――」
クシナの姿が掻き消え、氷棘は空を穿つ。
数歩ほど前に現れたクシナは、天稟（ルクス）が判明した一人に向かって肉薄した。
すかさず動いたのは、歩道の近くにいた別の天翼（エクスシア）の守護者だ。
彼女が指を鳴らすと、植え込みから大きな土塊が生まれる。
……土を操作する系統の天稟（ルクス）か。
ほど近くにある森林公園の付近で襲撃していたら、かなり面倒だっただろう。
氷結能力者のすぐ傍まで接近したクシナに、土塊が飛来する。
それがクシナに当たる瞬間。
氷結能力者が突然、その身を翻（ひるがえ）した。

振り向きざまに、自らの背後に向かって小瓶を投げつける。

――なるほど。

クシナが土塊を避けつつ背後に転移してくると読んだのか。

だが、残念。

その予想は裏切られる。

「……え？」

クシナは天稟を使うことなく、ただ駆けていた。

当然のごとく土塊が直撃し――彼女のローブに触れた途端、推力を失い落下する。

なぜなら――俺が、クシナと土塊を視ているからだ。

《分離》。

手品の種を見抜いたわけではないだろうが、敵の警戒はこの場の異分子――棒立ちのまま動かない俺へと向けられる。

向けられて、しまう。

その一瞬で充分だった。

落下した土塊が地面にぶつかり割れるよりも早く。

「うっ……」

無防備に背を晒した氷結能力者をクシナが昏倒させた。

「くっ……！」

わずか三〇秒足らずの攻防で味方二人を失った残る二人がさらに後ずさる。
その両方に構う必要はない。
狙うべきは護送車から出てきた——おそらくは車内牢の鍵を持っている隊員。
言葉を交わさずともクシナの狙いを察した俺は、あえて大きく腕を薙ぎ払う。
当然、まったく意味はない。
しかし、たった先ほど自分の土塊を無効化された隊員はこちらを警戒してしまう。
猫騙し（ブラフ）にひっかかった彼女には見向きもせず、クシナは残る一人へ突貫。
迫られた女性隊員は足を振り上げると、それを地面に叩きつけた。
たったそれだけの動作を見て、クシナは数メートル横に転身する。
なぜ、と疑問が浮かぶより先。
元々クシナが走っていた道路が、割れる。
切断というよりは地震で崩れたような破壊痕だった。
となると……振動のような天稟（ルクス）だろうか……？
——なにか、違和感を覚える。
俺がその正体に気づけずにいる間にも、クシナは再び地を蹴る。
俺もう一人にちょっかいを出そうとして——ソレが視界に入った。
最初にクシナが気絶させたリーダー格の隊員。
彼女が背中に背負う武器は、槍だ。

それに気づいたと同時、襲撃前の自分の考えが頭をよぎる。
――『間違いなく高低差に対応できる者が動員されていることだろう』。
氷結、土、振動、槍による近接。
この格好の襲撃ポイントに適した天稟(ルクス)持ちが、
「――いない」
視界の端に映るクシナは、ちょうど振動使いの後ろに転移したところだった。
次の一撃で終わる。
だからこそ、
「避けろッ!! 〈刹那〉ァ!!」
ただの勘だった。
訪れる攻撃の正体も、そもそも攻撃があるのかも分からない。
勘が外れたら、ただ絶好の機会を逃しただけの間抜けになってしまう。
それでもクシナは、俺を信用した。
瞬きの間に俺と振動使いの中間辺りに移動する。
しかして、
――リィ――……ン。
彼女が今の今まで立っていた場所に突き立ったのは、一本の長剣。
俺が探すよりも早く、クシナは空の上を見据えていた。

「――――申し訳ありません、外しました」

凛と響く声の出どころ。

そこに、天使がいた。

ビル風に棚引く外套(マント)に、青いラインの入った白の隊服。

長い蒼髪には一輪、百合の花の髪飾りが差してある。

特徴的なのは、背中からのぞく蒼銀の長剣だ。

都合、三本。

どうやって背負っているのか、それらは右肩から扇状に広がっている。

その様はまるで片翼の天使が降臨したかのようにも見えた。

少女の名を、俺は知っていた。

雨剣(うつるぎ)ルイ。

『わたゆめ』における、主人公・ヒナタの相棒である。

「昨日ぶりね、〈刹那〉」

「ええ。その節は散々追いかけ回してくれて、どうもありがとう」

「どういたしまして」

襲撃前にクシナが言いかけた『昨日の……』とは彼女の話だったらしい。

片や天に、片や地にあって皮肉混じりの応酬を交わす二人。

ルイはヒナタちゃんと比べても歳不相応に落ち着いている。

彼女が宙に浮いているのは、言うまでもなく天稟（ルクス）の効果だ。

しかし単純に《浮遊》というわけではない。

彼女の天稟（ルクス）は《念動力》。

自身の体重以下の物体を自在に操ることができる。

そう、未満ではなく以下なのだ。

つまり彼女は自らを念動力で操作することで浮遊を可能にしているのである。

そんな下手すれば自分の身体が弾け飛びかねない暴挙をやっておきながら、彼女は涼しい顔で路上を睥睨（へいげい）していた。

「…………」

「…………」

睨み合うクシナとルイ。

片翼の天使はクシナから目を逸らさぬまま、くいっと人差し指を持ち上げる。

それに合わせて地面に突き立った長剣がしゃらん、と音を立てて抜け、ルイの周囲にまで浮かび上がった。

次いでその手を横に振ると、背に負った三本の長剣がしゃらら、と音色を響かせながら剣身を晒す。

蒼玉（サファイア）のごとき瞳が冷たく輝き、四本の長剣が舞い踊る。

この光景を目にした人々は、彼女をこう称えた。

指先一つで意のままを起こす、〈美しき指揮者（マエストロ）〉と。

――で。

『あああああ、それ漫画でも見たあああ！！　かっこいいいいい！！！』

極々小さいボリュームで囁（ささや）きながら叫ぶとかいう器用な芸当をする俺（オタク）がここに一人。

推しのかっこいい挙作がオタクに刺さらないわけがないんですねぇ！

『ファンサ!?　ファンサですか!?　――ハッ』

小声でギャーギャー騒いでいるのが聞こえたわけではなかろうが、真面目な空気が霧散したのを敏感に感じ取ったのだろう。

俺から数メートル以上前に立っているクシナが、たんっと片足を踏み鳴らした。

いかんいかん、今日は真面目に戦わなきゃ……。

「んんっ」

咳払いひとつ。

状況はいまだ膠着（こうちゃく）している。

ルイからすれば、先の土塊が無効化された絡繰（からくり）を見抜かねば遠距離攻撃に意味がない。

クシナからすれば、宙に浮いたルイへの有効打がない。

正確に言えば、クシナの方は〝相手を殺す気でやれば〟攻撃手段はいくらでもあるのだが。

彼女は人を殺めることをひどく嫌うので、自分か俺に命の危機が訪れるまでそれをすることはないだろう。

ゆえに、この場での最適解はひとつだ。

「行け、〈刹那〉」

俺がクシナの背を押すこと。

途端、彼女は弾かれたように駆け出した――空中のルイには見向きもせずに。

「――――っ」

こちらの攻勢から数瞬と遅れず、ルイも動く。

彼女の標的は――俺だ。

天と地でルイとクシナが交錯し、戦場が二つに分かれる。

クシナは地上の二人を攻撃可能だが、ルイは俺を倒さねばクシナに攻撃できない。

ルイからすれば時間を稼いで援軍を待つという選択肢もあったが、クシナが攻勢に出た以上、真っ先に俺を狙うしかなくなる。

それが分かっていたからこそ、クシナは俺を守るために動けずにいたのだ。

だから「こっちは大丈夫だよ」と彼女を後押しした。

「そう言ったからには怪我一つせずに帰らないとな」

気合を入れて、空中の天使に目をやる。

雨剣ルイはヒナタちゃんと同い年で【循守の白天秤（プリム・リーブラ）】に所属する秀才だ。

彼女はその恐ろしく魅惑的な美貌によって、養成学校（スクール）時代からファンを持つほどに名と顔の知れた天翼の守護者（エクスシア）である。

普段の性格は、一言で表すならクール。

けれどヒナタちゃんの親友としての彼女は、やや過保護なほどの愛情を持つクーデレな一面も見せる。

当然、推しです。

まあ現時点では、ルイとヒナタちゃんは【循守の白天秤(プリム・リーブラ)】に所属したばかり。

ペアとはいえ、ろくに話をしたこともないんだけどね。

これからヒナタちゃんにデレていくのですよ……ふふふ。

「――彼岸花？」

ヒナ×ルイのこれからに思いを馳せていると、空中の彼女がふと呟きを零す。

俺のローブを見ての反応のようだ。

さっきまではかなりクシナを警戒していて、こちらに意識を割く余裕がなかったらしい。

「ということは、つまり〈刹那〉の唯一の部下……で、男」

ぼそぼそと独りごちるルイ。

怪訝そうに眉根を寄せる表情すらも魅力的で、ともすればクシナやヒナタちゃんに見慣れた俺でも視線が吸い込まれてしまいそうになる。

二人とはまた違った不思議な魅力を持つその美貌に、

「アナタが〈乖離〉か――ふふ、ふふふふ」

薄ら寒さを覚えるような冷笑が浮かんだ。

次の瞬間。

「死ね……ッ!!」

長剣のうち一本が弾丸のように飛来。

反射的に顔を傾け、かろうじて回避する。

危うく、剣は右頬のギリギリを掠(かす)めていった。

「――――」

肩越しに後ろを見る。

アスファルトの路面に、剣身のほとんどが突き刺さっていた。

「…………」

……殺意高くない？

いや、確かに原作でも、敵には容赦ない系のキャラではあるんだけど。

なんかこう抑えきれない私怨みたいなものが感じ取れたと言うか……。

「……俺、君に何かしたっけ？」

「黙りなさい」

「えぇ……」

これが取り付く島もないってことですね……。

困惑する俺をおいて、ルイは嫌悪も露わに表情を歪めた。

「ワタシのヒナを辱(はずかし)めたゴミクズが……ッ!!」

「…………は？」

ヒナ……？　――ヒナタちゃん⁉

それ、原作だとめちゃくちゃ仲良くなった後の呼び方のはずなんだけど……。

まだヒナタちゃん加入二日目だよな？

好感度上がるの早すぎ……どうしよう、うちの推しが女たらしになってる……。

「昨日、帰ってきたヒナが、あんな、あんな表情……っ！　――絶対にユルサナイ」

……なるほど。どうやら昨日起こった指宿イブキ（十八）による犯罪はあっという間に被害者から友人へと伝わったらしい。

「いや、あの」

「五月蝿い、逝ね」

やべえ、発言権がねえ……あったとしても言い逃れできねえ……。

ルイの殺る気に呼応するように、残る三本の長剣が一斉に鋒を俺に向けた。

――拝啓、幼馴染殿。

推しの抹殺対象（敵）になったので、僕はあんまり無事に帰れそうにないです……。

一撃でも致命傷になるだろう刺突が三つ。

天から地へと降り注ぐ。

左右から襲いかかる長剣に両手で触れ、一瞬ずらして分離。

次いで正面から突貫してくる剣に向けて、下から足を振り上げる。

剣の腹とつま先がぶつかった瞬間に分離を発動し、その勢いのまま蹴り抜い――、

「って、重(おっも)ぉぉっ⁉」

上向けた足に、とんでもない重量が掛かった。

かろうじて蹴り抜くも、つま先にじんじんと痛みが走る。

ゴン、ゴゴンとおよそ剣が落ちたとは思えない音を立てて落下する三本の長剣。

その音を聞いて、表情を引き攣(つ)らせる。

「この剣、何でできてんだよ……」

普通一・五メートルくらいの剣ならせいぜい二キロちょっとのはずだが、目の前の三振りは比べ物にならないほどに重かった。

まるで人を蹴ったかのような重量が足にのしかかり……と、脳裏をイヤな想像がはしる。

(もしやこの剣、ルイの体重スレスレの重さに調整されてるんじゃ……)

ルイ自身の体重以下のものなら自在に操れるという天稟(ルクス)を最大限に利用した結果だろう。

こんな重量の剣に撃ちかかられたら普通の武器では受け止めることすら困難。

もっと言えば柄がぶつかっただけで、鉄球で殴られているようなものである。

(だから殺意高いって)

イブキは結構怯えた。

「……重くないし」

宙を舞うルイが、ぼそっと聞き取れないほどの声を零す。

「失礼ね」

いささか以上の怒りが籠った台詞とともに、彼女は上向けた掌をグッと握りしめた。

地面に落ちていた剣が一斉に起き上がり急迫。

「うお……っ」

咄嗟に上体を反らすイブキの鼻先で、三振りがシャリィンと音を立てて交差した。

次撃の前に、慌てて飛び退る。

「――避けた。全て無効化できるわけではないということね。制限？　条件？」

「………っ」

この子、ほんとに一五歳か？

「どちらでもいいわ。――これはどう？」

またしても三本が飛来し、分離と回避でいなした直後。

「ぐ……っ」

脇腹に激痛が走った。

見れば、今しがた避けたはずの長剣の柄がめり込んでいる。

（全部避けたはず――いや、一本目か！）

最初に避けて、背後に突き刺さっていたままの長剣だ。

それを死角から叩き込まれたのだろう――などと悠長に分析している暇はない。

「フッ！」

ルイが右腕を横に薙ぐと、剣を通して巨人に殴られたかのような衝撃が走る。

一瞬遅れて《分離》するが、剣は止まれどイブキは宙に吹き飛ばされた。

「ぐっ、あ……っ！」

ゆっくり流れる空間で、遠く離れた相棒とフード越しに目が合う。

こちらを見たクシナは、何も言わず視線を切った。

——それでいい。こっちは気にするな。

そう思うと同時、イブキの背面に薄氷に叩きつけられたような感触、その薄氷が割れた。

地面に放り出されて、幾度か転がって停止する。

「っ痛ぅ……。ここは……」

顔を上げて、どうやらガラスをぶち破ったらしい、と気づく。

それなりに開けた空間。

見れば、周囲にはイブキが（というよりルイが）吹き飛ばしたデスクが散らばっている。

どこかのオフィスか、と得心すると同時。

クシナと分断されたことに強烈に焦りを感じる。

（まずい！　視えなくなったら、分離が……っ！）

しかし、次の瞬間、その焦燥は払拭される。

「死になさい」

急襲するは四振りの追尾剣。

破れた窓から飛び込んできたのは、片翼の天使だった。

「――。なんで……っ？」

剣撃を捌きつつ、ひとりごちる。

彼女が一番に狙うべきはイブキではなくクシナのはずだ。

怒り心頭なのは見ればわかるが、それで判断を間違える相手ではない。

ルイはこちらの考えを見透かしたように冷たい微笑を浮かべた。

「敵ながら〈刹那〉に敬意を評して教えてあげるわ。アレは一〇秒やそこらで仕留められる相手じゃない。なら、今のうちにアナタを倒してしまう方が確実だし、有益でしょう？」

合理的な判断よ、と笑みを深めながら指揮者は腕を振るった。

同時に迫り来る致命打に意識を切り替える。

右の刺突に左の斬撃、取って返して流れるような斬り下ろし。

ルイが繊手を振るう度、水流のごとき剣舞が演じられる。

後退、屈んで、分離と脚撃、転がり避けてまた分離。

怒涛の連撃に対して必死の思いで回避と分離を繰り返し、逃げ惑う。

合理的という割にはやけに私怨がこもっているような気がしないでもない。

しかし理由はともかく、こちらを狙ってくれるなら話は早い。

どうせ自分から推しに攻撃なんてできないのだ。

できるのは昨日同様、彼女を引き付けておくことくらい。

「…………」

——それにしても。

せせらぐ小川のように流麗な水色の髪。吸い込まれてしまいそうな透き通る蒼色の瞳。切長な目つきも、くっきりとした鼻梁も、薄く色付きの良い唇も。

全てが見るものを魅了する。

——なんて魅力的な少女だろう。

それは本来、これだけ余裕のない戦況では、浮かびえないような余裕ある思考。

これはルイに「考えさせられている」思考だ。

普通はこの思考の異常を自覚することすらできない。

イブキが自覚できるのは、この異常の正体を知っているからだ。

それを引き起こしているものこそ、眼前の天使の代償(アンブラ)なのだと。

だが気づいていても、完全にその効力から逃れることは不可能。

そして彼女も、その隙を見逃すほど甘くはない。

「——そこ」

「しま——っ⁉」

ルイの腕が前に振り出され、長剣がガードをすり抜けて喉元へと迫り来る。

下方から喉元に向かってくる長剣は、視えない。

流石のルイも《分離》の視認という条件に気づいたわけではないだろう。

つまりルイの運が良く、イブキの運が悪かっただけ。
（あ、まじでやばいかも）
脳裏に諦めが過った瞬間、幸運と不運が同時にイブキを襲った。
幸運は、周囲にガラスの破片が散らばっていたこと。
僅かに後ずさったイブキがそれを踏み、足を滑らせた。
体勢が崩れたおかげで、かろうじて長剣の直撃を免れる。
次いでイブキを襲ったのは不運。
回避した長剣の柄が、ローブのフードを掠めてしまう。
しかしてイブキのフードが――完全に外れた。
「――」
クシナは『フード越しなら顔が見えても問題ない』と言っていた。
つまり、完全に脱げてしまったら……。
「…………」
ぱさ、とフードが背中を叩く感触がして、時間が止まったような静寂が訪れた。
目の前で腕を振るったままのルイの目が見開かれる。
その視線は完全にイブキのものと交わっていた。
しばしの沈黙の後、ルイの表情が――嫌悪感に染まった。
「……っ、へぇ。その顔で散々、女の子をたぶらかしてきた、と」

「は……？」

明らかに先ほどまでより怒気を増す天使に、イブキは困惑する。

そんな困惑顔を無視してルイは言葉を続け、

「――ヒナまで」

「してない！」

流石のイブキも、この謂れなき中傷には黙っていられない。

「一切！　してない！」

「黙りなさい、犯罪者」

「…………」

流石のイブキも、この謂れしかない犯罪者呼びには黙るしかない。

「どうせ普段からその顔で女を泣かせてきたんでしょう」

「いや、なんの話してるの⁉」

「ワタシのヒナに抱きついて逃げ延びようとしたのが、そのいい証拠じゃない」

「いや、あれは事故で――」

「黙りなさい、犯罪者」

「…………」

「ともかく」

彼女は今一度、腕を振り上げた。

イブキは慌ててその場を飛び退き、フードを被り直す。

少し前まで立っていた場所に四振りの長剣が交差した。

「あっぶな……！」

「チッ、殺し損ねた」

「わあ物騒」

「どちらにせよアナタは確実に吊し上げ散らかすわ」

「わあ痛そう」

「………」

こちらの軽口を無視しヒリついた空気を発し続ける天使に、イブキの緊張も高まっていく。

緊張の糸が限界を迎え、再び戦闘の火蓋が切られようかという、まさにその時。

「っ⁉　はやすぎる……っ」

ルイが驚愕の表情とともに片耳に手をやった。

尋常ならざる様子に、イヤーカフ型通信機を通して緊急の連絡が入ったのだと察する。

このタイミングでそれが入ったならば、その内容は……。

「――絶対に、殺すから」

こちらに捨て台詞を吐いて、ルイは外へと飛び出した。

やはり通信内容は外の戦況か。

「助かった……。いや、俺もはやく行かないと……っ」

ルイを追って飛び出すと、真っ先に目に入ったのは何人もの天翼の守護者(エクスシア)だった。

自分が戦っている間にこんなに援軍が来たのかと焦るイブキの目に、天高く飛び上がったまま地上の一点を警戒するルイの姿が映る。

彼女が見据えるは包囲の中央。

当然そこには、あの場にひとり残された幼馴染がいるはずで。

「クシナっ、……？」

幸いにも彼女は未だ無傷で佇んでいた。

しかし、すぐに疑問符を浮かべる。

周りを取り囲む天翼の守護者(エクスシア)には見えないだろうが、クシナの表情を認識できるイブキにははっきりと見えていた。

彼女の、なんというか、すごーくイヤそうな顔が。

そして、気付く。

幼馴染の安否に気を取られすぎて見えていなかった、その隣に並ぶ妙齢の女の存在に。

まず目につくのは、肩に羽織った美しい朱色の着物。

そこには金の糸で狐の刺繍(ししゅう)が施されていた。

赤い着物がよく映える黄金(こがね)色の長髪は、頭の後ろで雑に一括(ひとくく)りにされている。

「あの人は……」

よくよく見れば、立ち並ぶ天翼の守護者(エクスシア)たちは皆、クシナよりも彼女に警戒を向けていた。

その一挙手一投足を見逃すまいという気概が、はっきりと感じ取れる。

「ふぅ……。あのさァ」

そんな緊迫した戦場で、着物の女は呑気に煙管(きせる)を吹かしてから口火を切った。

「――〈刹那〉テメェ、急に車停めんじゃねェよ。舌噛みそうになったじゃねェか！」

「は？　噛み切らなかったの？　それは失敗したわ」

「あァ？　喧嘩売ってんのかテメェ」

いきなり煽り合いを始める二人。

そのやりとりだけでイブキはクシナの表情の意味を悟った。

そういえば昨日も嫌そうな顔していたな、と。

相性が悪そうな二人の喧騒に触発されたのか、状況が動き出す。

「――――ッ」

息を殺していた天翼の守護者(エクスシア)の中で、宙空のルイが誰よりも早く行動した。

腕を振るい、長剣のうち一振りが着物の女性を襲撃する。

そのまま、朱色の和服姿が刺し貫かれる――ことはなく。

まるで雲霞(うんか)を殴ったかのように、長剣は彼女の身体を通り抜けた。

瞬きの間もなく、クシナの近くに立っていたはずの女性の姿が掻き消える。

「――おいおい、喧嘩っ早い女は嫌われるぜ？　ふわふわちゃん」

いつのまにか、彼女は護送車の上で胡座をかいて座っていた。

ルイが片目を眇める。

「《幻影》の天稟……幹部〈紫煙〉、噂に違わず厄介ね」

「どうも」

幹部〈紫煙〉は戯けたように肩を竦めた。

――その時、少し離れて立っていたクシナが僅かに顔をこちらへ向ける。

ローブ越しに目があった彼女は、すっと瞼を閉じた。

その行為の理由は分からない。

けれどイブキは、クシナに習って瞑目した。

◇◇◇◇◇

「包囲を崩すな！　ヤツを逃さぬことを第一に考えろ！」

その指示に従って、天空を駆ける天使、雨剣ルイも意識を向ける。

この時にはルイの頭から、イブキのことはほとんど抜け落ちていた。

あの男に対する私怨は当然消えていない。

しかし、それ以上に。

新たに戦場に加わった――解き放たれてしまった女に対する警戒が勝った。

彼女の厄介さは、以前から散々聞かされている。

【救世の契り（ネガ・メサイア）】幹部【六使徒】、第四席〈紫煙〉。

本名、化野（あだしの）ミオン。

実に三度もの捕縛によって、幹部の中でも珍しく彼女の実名は知られていた。

三度の捕縛、そして――三度の脱獄によって。

幾度となく天使をおちょくってきた天稟（ルクス）の正体が《幻影》だと判明してなお、彼女の厄介さは変わらない。

むしろその情報すらもブラフにする言動によって、その厄介さは増したと言っていい。

言わずもがな、その場の誰もが〈紫煙〉への警戒の視線を切らさなかった。

「――――」

そんな中で、上空にいたルイだからこそ、いち早く気付けた。

いつの間にか、膝丈までの高さの白霧が辺りに立ち込めていることに。

「足元！　霧が……！」

急いで仲間に警告を促す――が、それは遅すぎた。

「うわっ」

「きゃっ」

地面を這っていた白霧は一気に辺りを覆い、たちまち周囲に濃霧が立ち込める。

「くっ、見えない……っ」

「慌てるなっ、あくまで幻影だ！」

そう、幻影だ。

だが、幻影だろうと見えないものは見えないのである。

天使達は仲間を攻撃しないよう手を出せず、対象を逃さぬために足を出すこともできずに焦燥だけを募らせていく。

「やられたわ……」

仲間と同じように濃霧に視界を遮られながらも、独り空にいるルイは平静を失わずに済んでいる。

しかし、その脳裏には『任務失敗』の四文字がありありと浮かんでいた。

——そうして右往左往する天使達を、イブキははっきりと目にしていた。

その瞳には濃霧など一握も映っていない。

「目を閉じたから……？」

直前の動作から考えるなら、それしか考えられないが……。

思考に沈みそうになったところで、ルイの操る長剣がごんっと相変わらずの鈍い音を立てて地に落ちた。

視認できず意識から完全に外れたため、コントロールできなくなったのであろう。

顔を上げれば、崩れた包囲網の中から、二人の幹部が肩を並べて悠々と歩いてくる。

彼女らにとって周りの天翼の守護者(エクスシア)は意識を割くに値しないらしい。

それを見るイブキは、

「吾(オレ)は売られた喧嘩は買うって決めてんだよなァ?」

「私は恩を売っているのよ、どこぞの捕まっていた間抜けにね。助けてもらったらお礼をするって知らないのかしら? 社会不適合者」

「お礼参りならしてやるよォ……!」

(この人たち、本当に幹部で大丈夫なんだろうか……)

どうにも全幅の信頼を置けずに微妙な気持ちになった。

◇◇◇◇◇

「ねえ、クシナ」

「……なに」

「やっぱ護送車襲撃すんのに二人は少なかったって」

「……でも実際足りたでしょ?」

「めっちゃギリギリね!」

「……成功してるなら問題ないもん」

今日も今日とて任務完了の報告代わりにCafé・Manhattanにやってきた俺とクシナは、静かに言い合いを展開していた。

なにやら認めたくなさそうな彼女の言い草に、俺はあまり言いたくなかったことをついに口にする。

「——でも俺たちの現状は問題ですよねぇ？」

「…………」

入店するなり「……奥がいい」と言って端の方のテーブル席に座ったクシナ。

——隣に座った俺が彼女を抱き込んでから、はやくも三分が経とうとしていた。

「だぁーはっはっはっ‼　セ・ツ・ナ・ちゃあん！！　可愛いねぇっ！！！」

「くっ……ころす……」

〈紫煙〉さんは今日一の機嫌の良さでクシナを煽り散らかし、絶対に顔を見られたくないらしきクシナは必死で俺の胸に顔を埋めながら呻いた。なんて能動的な「くっころ」だろうか。

「あ、終わった」

「っ」

ぴくっと震えたクシナがもそもそと身体を離す。

そして、こほんと咳払いを一つ。

「さて、イブキ。貴方の課題が見えたわね」

「え、いきなり何？」

「貴方の課題、それは攻撃手段が皆無なことよ」

「無視ですか？」

「正座」

「ハイ」

まだ顔の赤いクシナは八つ当たり気味に俺の問題点をあげつらう。

抗議を無視され唯々諾々と正座を受け入れるが、その内容については異議ありだ。

「でもクシナ、俺は相手を傷つけるつもりは……」

「分かっているわよ。ただ、武器があれば選択肢が増える。守れるものだって増えるでしょう?」

「それは、まあ……」

「武器を振るうかどうかは貴方が決めればいいだけよ」

ふっと相好(そうごう)を崩したクシナが、少し離れたカウンター席に座っている〈紫煙〉さんを見遣る。

「あそこの女狐ですら攻撃モドキはできるわ」

「え、でも〈紫煙〉さんの天稟(ルクス)って……」

あの時のルイの言葉が正しいのなら、

「おう、吾(オレ)の天稟(ルクス)は《幻影》だぜ?」

クシナの「女狐ですら」という言葉に青筋を立てていた〈紫煙〉さんが、あっけらかんと個人情報を口にした。

「そんなに簡単に教えていいんですか……?」

「どうせ天秤の連中にもバレてっからな。ついでに、もう一つ教えちまうが、吾(オレ)の代償(アンブラ)は『煙管を吹かすこと』だ」

戦闘中、彼女は何度も煙管を吹かしていた。

着物を着流した格好からして、それが本人の流儀なのかとも思ったが……。

して、『煙管を吹かすこと』が代償(アンブラ)なのだとすれば、

「お祭しの通り。先払い、だな」

先払い。

それは代償(アンブラ)の、四つある型のうちの一つだ。

正式には『先行展開型』。

ユイカさんのような常時展開型に、俺のような後払いこと促成展開型。

それらに続く三つ目の代償(アンブラ)の型である。

文字通り天稟(ルクス)を使う前に払う必要があるものの、戦闘前にあらかじめ代償(アンブラ)を払っておくことができるなど、使い方は結構自由だったりする。

悪質な高利貸しみたいな後払い型とは大違いだね!

「ま、流石にこれ以上の詳しいことは教えてやれねぇが……」

彼女はクシナの方を見てニヤッと笑う。

「そこの嘘ばっか振りまいてる警戒心丸出しの子猫ちゃんとは違うんでなあ?」

「ふん。さすが、危機感が欠如した間抜けは言うことが違うわ。飲んだくれて警察に補導された挙句、正体がバレて捕まっただけはあるわね」

「ええ……」

あんだけ欺くことに特化してて なんで捕まるのかと思ったら、そんな……。

「しかも四回目」

「ええ……」

「いい加減、その度に駆り出される身にもなってほしいっての」

「いつもご苦労、〈刹那〉ちゃあん」

「次は見捨てるわ」

不愉快そうにする未成年を見て、けらけらと笑う大の大人の図……。

ひとしきり笑った〈紫煙〉さんがこちらに目を向けた。

「そういや自己紹介がまだだった。――【六使徒】第四席、〈紫煙〉の化野ミオンだ。よろしくな」

「指宿イブキ、コードネームは〈乖離〉です。よろしくおねがいします」

「あいよ。〈刹那〉の部下ならミオンでいいぜ」

「はい。俺もイブキで」

仲の悪さゆえ口を挟んできそうなクシナは目を瞑ったまま、意外にも反対しない。

ミオンさんも「〈刹那〉の部下なら」とか言うし……。

「さては二人とも、意外と仲が良い……?」

「「ありえない」」

仲良く俺を睨みつけて凄む二人の後ろ。

カウンターの向こう側で、ユイカさんが口の前で指を交差させ、小さくばってんを作りながらウィンクした。

……おやおや、どうやら今のは嘘らしい。

「ああ、そうだユイカ」

「？」

ミオンさんがくるりと椅子を回してカウンター越しの店主を見た。

直前までの情報漏洩（リーク）を感じさせず、何食わぬ顔で首をかしげるユイカさん。

「オマエに伝言があったんだわ」

「――！　それは……」

彼女はミオンさんの言葉を聞いた途端に喜色を浮かべる。

どうやら聞かれたくない話らしく、二人は連れ立って『Staff Only』の先へと姿を消した。

「…………」

「…………」

残された俺とクシナの間には、沈黙が横たわる。

普段ならこの幼馴染との沈黙は苦にならないのだが、今日の沈黙は〝このあとの話〟への忌避感（きひかん）をもって辺りに漂っていた。

あまり良いものではないそれを、俺が破ることにする。

「今日は、どれくらい減ったの？」

「……………」

クシナは黙したまま。

「……はあ」

けれど、それで終わらないことは知っているだろうから、観念したように息を吐いた。

「……四一五〇秒」

「よっ――ちょっと待って、一時間超えてるじゃないか⁉」

慌てる俺から、クシナは顔を背ける。

「一時間なら大したことないわよ。――寿命っていくらあると思ってるの？」

「それは、そうだけど……」

――寿命。

それを削ることこそが、クシナの代償(アンブラ)だった。

代償(アンブラ)の四つの型の中で最後の一つ、即時展開型。

最も単純にして最もポピュラーな型であり、天稟(ルクス)を使用した瞬間に発動されるものだ。

つまり、クシナの場合は天稟(ルクス)の使用量に応じて、残りの寿命が消えていく。

それだけ聞けば、相当に重い代償(アンブラ)だ。

しかし、彼女の天稟を考えれば、軽いとすら言えた。

少なくとも、天稟（光）と代償（影）を秤に掛けたなら、間違いなく明るい方へと傾くことだろう。

それほどにクシナの天稟(ルクス)は優れているのだ。

だが、たとえ誰もが「軽い」と思ったとしても、俺はそうは思えない。

思っちゃいけない。

【救世の契り（ネガ・メサイア）】に加わったあの日、この子の力になると誓った、俺だけは。

……だというのに、今の俺には攻撃手段の一つもない。

守るどころか足を引っ張っていたようにすら思える。

「大丈夫よ。今日は貴方のおかげで随分と回数を減らせたわ」

隣に座る幼馴染が、穏やかな顔で笑う。

「そもそも、あたし一人じゃ護送車に近づくのにも一苦労だったしね」

「……別に気にしてませんが」

「ほんとかなあ？」

はやく武器を作らなきゃとか考えてそうな顔だよ？　と優しく笑う幼馴染に、昔の面影を見る。

ふと肩の力が抜けて、笑った。

「そういったあらぬ疑いはやめていただきたい」

「疑ってなんかないわ。だって確信してるもの」

「ちくしょう、逃げられないのか……」

いつの間にか居心地の悪さは消え、店内にはコーヒーの香りだけが静かに漂っていた。

「――――あ」

静けさの中、俺はヤバい情報を伝え忘れていたことを思い出した。

だらっだらと冷や汗が流れ始める。

「……いまの、明らかに『何かヤバい案件を伝え忘れていた』って感じの声は、なに？」

「………」

先ほどまで優しい表情だった幼馴染の表情が徐々に曇っていく。

こういう時は大抵、結構まずい案件だと完全にバレている。

「えーっと、ですねぇ……」

クシナの寄越すジト目に、俺は誤魔化すのを諦めた。

「――ぼく、顔、見られちゃいました。てへっ」

「………は？」

グッバイ、コーヒーの香り漂う静かな店内。

「はあああああっ！？！？」

◇◇◇◇◇

その後、クシナは戻ってきたユイカとミオンも合わせて三人で意見を交わした。

その間イブキは幼馴染によって正座をさせられていた。

彼女らの結論は「驚きはしたものの問題はないだろう」というもの。

あの場にいたのはイブキとルイの二人だけであり、彼女にしか顔が割れていない。

仮に防犯カメラなどに写っていれば今頃とっくに指名手配が回っているはずだ。

それがないということは映らない場所だったのだろうと結論づけられた。

……同時に、紙一重で運が良かっただけだと叱責もされた。主にクシナに。

その帰り道、イブキは思いついたように言う。

「あ〜、今日の夕飯、たまには俺が作ろうか？」

「あら、そう？　嬉しいけど……ご機嫌取りかしら？」

クシナがジト目でイブキを見る。

すると容疑者は慌てて手を振り否定しながら、目を泳がせた。

「いやぁほら、日頃の感謝を込めて、みたいな……？」

「ふぅん？　……まあいいわ。あたしがやりたくてやってるんだし、感謝されるのも不思議な話だけど」

「いつもやってもらってるのは変わらないからね」

たまにはさ、と呟いて小石を蹴る。

その小石を目で追って、クシナは綻ぶように微笑した。

「で、今日はオムライス？　ハンバーグ？」

「……その二つしか作れないわけじゃないからね？」

「自分の好きなものしか作れないくせに」

「他のも作れるし！」

「レシピを見れば、ね？」

「……絶対別のもの作るから」

むすっとする幼馴染（イブキ）を見てくすくす笑うクシナ。

「ごめんってば。一緒に作ろ？」

上目遣いに誘う幼馴染（クシナ）を半目で見るイブキ。

「……ひとりで作れないと思ってる？」

「違う違う。あたしが一緒に作りたいだけ」

「……ならいいけど」

単純だなあ、という生暖かい視線を振り切って、イブキは足早にバス停へ向かう。

と、慌てたようなクシナが。

「あ、待っ――」

制止するよりも先に、

「どいてどいて～!!」

イブキが十字路を横切る瞬間。

横から自転車が飛び出してきた。

ブレーキをかけながらも、あわや衝突か、と自転車に乗る側が目を瞑る。

ほぼ同時にイブキの体が後ろから引っ張られていた。

「……あ、ありがと、クシナ」

「……うん」

クシナが後ろからイブキを抱きしめるような体勢になっていた。

謝ろうとした自転車側の女性も二人の密着具合を見て、顔を赤くしている。

ぺこぺこと謝る女性が去ってから、二人は何も言わず歩調を合わせて歩き始めた。

「――使ってないよね」

真っ先に口を開いたのはイブキだった。

尋ねられたクシナは神妙に頷く。

「大した距離じゃなかったから、ギリギリ」

「よかったぁ～……」

大袈裟なほどにため息を吐くイブキ。

それから横目でクシナを見下ろし、――反対に見上げていたクシナとばっちり視線が合った。

二人してしばらく見つめ合って、ふっと吹き出す。

「毎日ほんとに退屈しないわね」

「申し訳ない……」

「褒めてる。今はね」

クシナはふんわりと破顔した。

「貴方のおかげで一秒一秒が楽しいもの」

その儚げな美しさに、イブキは知らず息を呑む。

それから、思いがけず昔からの宝物を目にした時のような笑顔を浮かべた。

――そうして二人は今日も歩いていく。
退屈しない毎日を、一歩一歩、確かめるように。

幕間　正義の城と悪の巣窟

「ごめんなさい、ヒナ」

「？」

【循守の白天秤（プリム・リーブラ）】第十支部に帰還した雨剣ルイは、親友の前で肩を落とした。

謝罪を受けた親友——ヒナタは首をかしげる。

食堂の椅子に座る彼女の前には大量の料理。

もきゅもきゅとリスのように口を動かし、こくん、と可愛らしく嚥下（えんげ）する。

その様子に「ワタシのヒナはなんて天使なの」と真顔で考えながら、ルイは説明を始める。

「仕留め損ねたの」

「はあ……」

「昨日、ヒナを恥ずかしい目に合わせた男を」

「————っ!?」

ヒナタの肩が、びくーんっと跳ねた。

「る、ルイちゃん!?　そ、その話は……！」

顔を赤らめ、彼女は隊服のスカートをきゅっと引っ張る。

「お、思い出させないで……というか忘れてって言ったよね⁉」

「忘れられる訳ないでしょ？　あんな可愛い――こほん、可哀想なヒナを！」

「今なにか間違えなかった？」

「肩を落として帰ってくるから任務に失敗したのを気にしてるのかと思ったら、それ以上にスカート――」

「わあああ⁉」

「お姫様だ――」

「わー⁉　わーっ！」

「抱き――」

「もうっ！　怒るよ⁉」

「もう怒ってるよ？」

ぽかぽか、と自分を殴るヒナタの尊さに震えながら、同時に親友にこんな反応をさせるような行為をした犯人――〈乖離〉に殺意を覚える。

自分がこの反応を引き出せたならそれは喜ぶべきことだが、どこの馬の骨ともしれない人間にやられたとあっては殺人衝動が止められない。

しかも！　よりによって！　男‼

そう思うと、怒りの念は煮えたぎった。

さもありなん、雨剣ルイはとある理由から人間嫌いであった。

ヒナ、と呼び慕うほどに親愛の情を覚えているヒナタが特別なのだ。

女性でも親しい者は彼女だけ。

男に至っては、大が付くほどに嫌っている。

例外は、昔ヒナタと自分が縁を結ぶきっかけをくれた人物くらいか。

まだ会ったことはないが、感謝くらいはしている。同時に嫉妬も。

「おーおー、仲良しだねぇ、お二人さん」

不意に食堂の入り口から声が掛けられる。

二人揃って振り向くと、ここ最近見慣れた上司の姿があった。

背中までの緑色の髪を首の後ろで一つ結びにしている、琥珀色の瞳が印象的な美人。

身長はヒナタと同じくらいだが、年齢は不詳で——何より目立つのはその格好だ。

メイド服。

それも、クラシカルなやつ。

ルイを除けば支部で三指に入ろうかという美人なのだが、いかんせん服装のインパクトの方が強い人物である。

「あ、こんにちは、イサナさん」

「はい、こんにちは、傍陽ちゃん」

名を、信藤(しんどう)イサナ。

そして、

「副支部長」

彼女こそが、第十支部の副支部長だった。

「も～、イサナって呼べってのに、硬いなぁ雨剣ちゃんは。空気読め～？」

面倒くさそうな顔をして肩をすくめる様子からは想像しがたいが、イサナは情報処理や指揮系統を統率している支部の頭脳だ。

支部長が第一支部の呼び出しにより出向中の今、この支部で最も高い立場にいる女性でもある。

戦闘は苦手らしく、本人曰く「虫も殺せない」とのこと。

その真偽はさておき、彼女が来たということは重要な報告があるのだろう。

「深刻じゃないけど悲報ね。あの〈刹那〉の部下、〈乖離〉って男について」

「……っ」

本日二回目の不意打ちに、ヒナタがやや身構えた。

「残念ながら、監視カメラの映像には映ってなかったよ、顔」

「そう、ですか」

「――えっ？　ルイちゃん、あの人の顔を見たの？」

眉を顰めるルイに、ヒナタが驚きとともに尋ねる。

「ええ、まあ。思い出すと虫唾が走る気に食わない顔をしていたわ」

「それ、どんな顔……？」

困惑するヒナタの頭をとりあえず撫でておく。

画角の問題か、あの男の顔が映っていなかったのは残念だ。非常に。

「もし撮れていたなら、すぐにでも指名手配を回してやれたところを……」

「そーだねぇ。なんと言ってもあの〈刹那（セツナ）〉の確認できる唯一の部下だからねぇ」

副支部長も深く頷いた。

だが彼女の口惜しげな表情は、〈乖離〉本人ではなく、その後ろにいる〈刹那（セツナ）〉を意識してのことだろう。

【救世の契り（ネガ・メサイア）】の幹部【六使徒】とは、それほどの警戒を要する連中なのだ。

かの組織について知られていることは、それほど多くない。

中でも六つの席に坐す幹部陣は、その半数が謎に包まれている。

確認されているのは三人。

第四席〈紫煙（シエン）〉の化野ミオンと、第三席〈刹那（セツナ）〉。

そして第二席〈絶望（ゼツボウ）〉のゼナ・ラナンキュラス。

第一席、第五席、第六席はいまだ表舞台に現れたことすらない。

判明している三つの席のうち、最も人々に恐れられているのは〈絶望（ゼツボウ）〉だ。

かつての大都市・新宿を一夜にして壊滅させた厄災『幽寂（ゆうじゃく）の悪夢』の元凶として、今も人々の心に恐怖の影を落としている。

あるいは最も厄介なのは〈紫煙（シエン）〉だろう。

【循守の白天秤（プリム・リーブラ）】も彼女の幻惑に煮湯を飲まされたことは数えきれない。

しかし、全支部の天翼の守護者（エクスシア）たちに『最も敵対したくない敵』を問えば、彼女達は揃ってこう答える。

――それは〈刹那（セツナ）〉をおいて他にない、と。

理由は至極単純。

彼女が、強いからである。

それも、圧倒的に。

実のところ、〈刹那（セツナ）〉が現れた事件は少ない。

下手をすれば両手の指で数えられるほどに。

けれど、彼女はその全てで畏怖すべき戦果を残している。

ある時は、数十人の精鋭が守る研究施設をたった一人で制圧し、重要研究対象を奪取した。

またある時は、とある支部の支部長と副支部長を単騎で相手取り、無傷で退けた。

数は少なくとも、そのどれもが正義の天秤の威信に土を付けている。

その〈刹那（セツナ）〉の部下が初めて現れ、しかも早々に顔を晒す失態をしたのだ。

「惜しかったねぇ。でも、ま、あくまで『惜しかった』で済む程度だよ」

イサナはあっけらかんと肩を竦める。とはいえ表情は優れない。

「問題は化野さんちのミオンちゃんに逃げられたことなんだよなぁ……はあ、めんど」

「なに親しげに呼んでるんですか……？」

ため息をついて「だるいだるい」と毒づくメイド服の上司に、ヒナタがジト目を向ける。

その可愛らしさに釘付けになりながら、ルイの頭は未だ〈乖離〉のことで占められていた。

（次に会ったら、必ず仕留める）

　主に物騒な方向で。


ルイが〈乖離〉への殺意を研ぎ澄ませていた時。

その横で、ヒナタも同様に彼のことを考えていた。

物騒な相方とは違い、彼女の脳裏を占めるのは羞恥である。

異性への免疫が父親＋約一名を除いて皆無であるヒナタは、事件から一夜明けた今日にまで羞恥心を持ち越していた。

なにより、直前まで親友に揶揄われていたせいで、鮮烈な記憶が消えてくれない。

（うぅ……。見られ……って違う、おひめ……じゃない、抱きし……違うって！）

次々に浮かんでくる記憶を必死に振り払うも、消し去りたい記憶に限って迫ってくる。

そして、

「……あれ？」

迫ってきた記憶の一つに違和感を覚えた。

それは彼女にとっては幸運で——彼にとっては不運だった。

あの時のヒナタは混乱していて気づけなかった。

けれど、最後の一幕。

――よ、よくもぉ……っ。

――じゅ、充分に時間は稼がせてもらったよ。それじゃあ、またね、ヒナタちゃん。

違和感は疑問へ、疑問は疑惑へと昇華していく。

（わたし、名乗りましたっけ？）

指宿イブキたちの集い場であり、馬喰ユイカが店主を務める喫茶店。

そこは【救世の契り（ネガ・メサイア）】の構成員たちが足繁く通う場所だ。

その中には素顔を隠さない者や、すでに正体が発覚している者など、手がかりを残しすぎる構成員が一定数存在している。

それでも未だ喫茶店が正義の徒によって制圧されていないのは、偏（ひとえ）に狙いが分散されているためだった。

平たく言えば、集い場はそこ以外にもあるということだ。

その数、大都市・桜邑中で軽く千を凌駕する。

それは喫茶店であることもあれば服飾店であることもあり、はたまた映画館であることもある。

組織に無関係な人間も頻繁に出入りし、組織の人間も一箇所には留まらない。

組織内にも全てを把握している者は片手で数えられる程度しかいないだろう。

これが【循守の白天秤（プリム・リーブラ）】からの追跡の手を躱せている大きな理由だった。

では、把握しきれないほどの集い場を持つ【救世の契り（ネガ・メサイア）】は、どうして一つの組織として機能していられるのか。

それは、地上に無数に存在する集い場が単なる出入り口にすぎないからだ。

悪の組織の本陣は、煌（きら）びやかな街並みの地下深くに広がっていた。

千以上の入口はその全てが地下基地へと繋がり、目に見えぬ場所から桜邑という都市に張り巡らされんとしていた。

さながら蟻の巣の如し。

一人の幹部がそう喩えたことによって、いつしかそこは〈巣窟（ネスト）〉と呼ばれるようになった――。


〈巣窟（ネスト）〉は多層構造になっている。

各層には同じ派閥に属す仲間たちが集い、虎視眈々（こしたんたん）と暴れる機会を伺っていた。

この日も暗い地の底で、それなりの規模を誇る派閥が会合を行なっていた。

「――で、だ。最大派閥でアタマ張ってる〈紫煙（シエン）〉の奴が帰ってきた。挙句ついに、あの一匹狼の〈刹那（セツナ）〉が部下を持ち始めた。それも男のな」

雑然とした大広間。

その一段高い位置で現状を語っているのは一人の大男だ。

名を〈剛鬼〉。

以前、集い場のひとつ〝Café・Manhattan〟で幹部〈刹那（セツナ）〉と軽い小競り合いを起こした男である。

彼の前には自身の派閥構成員である十数人ほどの男性メンバーが集まっていた。

男性不遇社会に生まれながら、幸運にも天稟（ルクス）を授かったことで、男女同権主義の思想に至った者たちだ。

「あの〈刹那（セツナ）〉が部下を……っ」

「しかも、男だと!?」

派閥リーダーからもたらされた情報で、最も彼らを驚かせたのは〈刹那（セツナ）〉についてだった。

幹部である〈刹那（セツナ）〉に部下の志願者が後を絶たないというのは有名な話だ。

けれど今まで数年間、彼女は一度としてそれを受け入れなかった。

その〈刹那（セツナ）〉が部下を持ったという。

それも男の部下を。

「流石にこの中に〈刹那（セツナ）〉の部下に寝返ろうなんて日和（ひよ）った野郎はいねェだろう。〈刹那（セツナ）〉のヤツも、これから部下を増やして派閥を作ろうって腹じゃなさそうだったしなァ。だが……」

〈剛鬼〉の部下は男がほとんど。

仮に幹部である〈刹那（セツナ）〉が積極的に部下を取り始めたとなれば、ただでさえ供給の少ない男性メンバーを取り合うことになってしまう。

それは面白くない、というのが〈剛鬼〉やその他のメンバーの内心だった。

「なあ、リーダー。〈刹那(セツナ)〉にその気がなさそうったって、流れようと思うヤツらも増えるかもしれないだろ」

一人の発言に、大男は我が意を得たりとばかりに頷く。

「そうだなァ。最近は、あの銀色女のせいで大きく動けなかったしなァ」

『銀色女』と口にするときに心底忌々しげな表情を浮かべた〈剛鬼〉だったが、その表情が楽しげなものに変わる。

「そろそろ、ひと暴れしても良い頃合いだ」

暗い地下に、どす黒い嗤いが木霊した。

第三幕　ホリブル・ガール・シャンブルズ

先日、クシナやミオンさん達に「ひとまず問題ナシ」と判断された顔バレ事件。

しかし実は、三人には話せていない根本的な大問題が残っていた。

それは、俺とルイの現実での距離が実は近いことだ。

ヒナタちゃんという共通点があり、下手に気を抜けば顔を合わせる危険だってある。

これぱかりは誰かに相談できない。

なぜ知っているのかという話になるのは分かりきっている。

遭遇しないよう、俺自身が細心の注意を払うしかないのだ。

「はあ、不安だ……いや、自分のせいだけど」

やや伏目がちに周囲を窺う。

雑踏を行き交う人々。ランドマークである像の前で待ちぼうける人々。ベンチに座ってスマホを弄っている人々。

どこを見ても人、人、人。

ここでは日常的光景だが、この中に天敵が混じっているかもしれないと思うと身がすくむ思いだった。

——東京屈指の繁華街である桜邑。

繁華街というだけあって、その駅にはいくつもの出入り口がある。

この出入り口ごとに駅前広場があり、別に明言されているわけでもなかったが、それらは自然と用途によって使い分けられるようになっていた。

暗黙の了解というやつである。

そうした駅前広場の中で、この『女神像前広場』は若者の待ち合わせによく使われていた。

主な理由としては、遊び場が近いから。

他にも【循守の白天秤(プリム・リーブラ)】の英雄〈鉄の掟女神(ユースティティア)〉の像が建てられているのも理由の一つだろう。

特に、最近の若者は彼女に憧れていることもあって、なんとなくここが選ばれがちだった。

で、なぜそんなところに俺がいるかと言うと。

——ずばり、ヒナタちゃんから買い物にお誘いいただいたからである……！

すごくない？　推しから買い物に誘われる世界。

正確には誘われたのは俺だけじゃなく、クシナもだったが。

しかし彼女は「そういえばその辺りは用事が入りまくってたわね」と何故かにっこり笑って断ったので、俺とヒナタちゃんでのショッピングとなった経緯がある。

内心ウッキウキではあるのだが、こう人が多いと本当に落ち着かない。

直近でルイのこともあるので——こんなところで会うわけないから気にするだけ無駄なのだが——自然と顔を伏せてしまう。

と、そんな俺の目の前に人影が立った。

「ねぇねぇお兄さん、ひょっとして今一人かしらぁ？」

「私たちと遊びに行かな～い？」

視線を上げた先に立っていたのは見知らぬ二人の女性だった。

年齢はいくつか上だろうか。

俺はなるべく人当たりの良さそうな笑顔を浮かべる。

「ごめんなさい。いまは人を待っているので……」

「それって女～？」

「そうなんですよー」

「え～、君を待たせるような女、ほっとこうよ～」

男女の力関係が崩壊したこの世界において、基本的に女性は男性を「使えない奴ら」と認識している。

それは「天稟（ルクス）が使えない奴ら」という純然たる事実と「自分たちと違って社会に貢献できない奴ら」という蔑視の、二重の意味でだ。

ゆえに、この世界の女性は総じて気位が高い傾向にあった。

実際、現代の社会構造的に商工業の発展に貢献しているのは女性の天稟（ルクス）だし、仕方ないっちゃ仕方ない。

今の時代、あまねく女性は男性にとって文字通り高嶺の花なのだ。

――ひと握りの男性を除いて。

そう、天稟(ルクス)が使える男はそれだけで扱いが違う。

「使えない奴ら」から「対等の異性」として格上げされるのである。

天稟(ルクス)が使えない普通の男性だと、飛び抜けたイケメンであるとか素晴らしいスポーツマンだとか、何か秀でたものがないと「対等な異性」として見てもらえない。

世知辛い世の中です……。

その点、俺は特段何かに秀でているわけではない。

ないのだが、天稟(ルクス)持ちの男であるため、こうして声をかけられることが昔からよくあった。

ちなみにクシナが横にいる時はそういうのは絶無である。

あの子は幼馴染の俺ですら信じがたい美人だから気持ちはわかる。

俺たちが普段から一緒にいる理由の一つでもあった。

それにしても……おかしいな。

今日は一人になるって分かってたから、あらかじめ対策してきたんだけど……。

と、あまり強く跳ね除けることもできずに困っていた、その時。

「すみません」

天使の声音が響いた。

「なに？　いま私らが……」

横槍を入れられ不機嫌そうに振り向いた女性たちが言葉に詰まる。

それはそうだろう。

顔を向けた先にはこの世で最も尊い生物（当社比）がいるのだから。

「彼の待ち人は、わたしなんです」

お姉さんたちが美人でないわけではないのだが、ヒナタちゃんはちょっとレベルが違う。

クシナが『美しさ』の極地だとしたら、ヒナタちゃんは『可愛さ』の極地と言えるだろう。

カフェラテを溶かし込んだような茶髪に、白桜珠（ローズクォーツ）の如き大きな瞳。

にこにことはにかむウチの推しマジ天使。

「……行こ」

「……そだね」

可愛らしさの暴力に滅多打ちにされ、二人はすごすごと去っていった。

………これ冷静に考えたら普通逆では？

俺がヒナタちゃんを助ける場面では？

「おまたせしちゃってごめんなさい、お兄さん」

釈然としないが、それを成したヒナタちゃんは満面の笑みを浮かべた。

俺も素直に笑いかける。

「ううん、さっき来たばかりだよ」

「……えへへ、こういうの、憧れてたんです」

「――――」

かっこいい上にかわいいとか天使ですか？　天使でした。

「お兄さん？」

「気にしないで。俗世における天使の実在を知って歓喜の念を禁じ得なかっただけだから」

「？　はあ……」

俺（一八）の訳のわからない供述に首を傾げていたヒナタちゃんだったが、ふと頬を膨らませた。

あっ、かわっ――、

「でも、お兄さんもちょっとは気をつけなきゃダメですよ？」

「……え、俺？」

「そうです」

ちょっと考えてから、ああ、と思い当たる。

「もちろん、俺だって自分が天稟持ち(ルクス)だってことは隠してるよ？」

「そ、そうじゃなくて」

「ん？」

「いや、それもなんですけど、マスクとか、えぇっと……」

ヒナタちゃんの歯切れが急に悪くなる。

その様子から察するに、彼女もどうしてバレたのか分からないのだろう。

なにせ当人である俺が見当もつかないのだからね！

「まったく、もう」

うっすらと頬が色づき始めた彼女はぷいと横を向いた。

「クシナちゃんはお兄さんを甘やかしすぎです」

「アマヤカシスギ……？　新種の植物……？」

昔はさておき、最近のクシナは割と俺に厳しいのですが……。

そもそも、なぜ俺が甘やかされているだとかいう話に？

「知りません！　ほら、行きますよ」

「……ん、そうだね」

頷いて、俺はショッピングモールへの目抜き通りを歩き始めたヒナタちゃんの横に並んだ。

「それで、今日買いたいのは私服ってことだったけど」

俺は今日のお出かけの理由に触れる。

ヒナタちゃんはこくりと恥ずかしそうに頷いた。

「はい。つい数週間前まで養成学校(スクール)の寄宿舎で生活していたので、私服がほとんどなくって……」

そう言う少女の服装に目を落とす。

今日の彼女は、桜色のリボンが垂れる白いブラウスに、若葉色のフレアスカートを合わせた春らしく爛漫な服装だった。

うちの推しは何を着ていようが最尊だが、今日は一段と尊い。

「今日の服装、とっても似合ってるし可愛いよ？」

「本当ですか……？　えへへ、嬉しいです」

胸の内で暴れ回るオタクを百倍に希釈した俺の言葉を聞いて、はにかむヒナタちゃん。それを見てさらに限界化を拗らせる俺。

「でも実はこれ、一張羅なんです。養成学校では休日でも外出するのは二ヶ月に一回くらいだったので」

「それはまた……随分と過酷な特訓の日々だったんだね……」

「う～ん、まあ楽しかったですよ？」

そう簡単に言えてしまうのが彼女が天才と呼ばれる所以なんだよな……。

「でも、それなら尚更クシナの意見が聞ける方がよかったんじゃない？　クシナってほら、センスいいし」

あんまり人には言いたくないが、基本的に俺のコーディネート権は俺ではなくクシナが握っているくらいだし。

というか、待てよ。ヒナタちゃんと二人で出かけるって何気に初めてでは……？

昔からクシナも含めて三人でどこかに行ったりはしていたが、こうして改まって二人きりでお出かけする機会はなかったはずである。

……あ、ダメだヤバい『二人きり』とか思った瞬間急に緊張してきた。

今更な気付きを受け、急に挙動不審になる俺。

そんな不審者の横で天使が寂しそうに言う。

「わたしと二人は嫌ですか……？」

「いやいやいやいやいやいや、女の子の服を選んだことなんてないから心配で……っ！」

「それなら問題ないですよ。お兄さんが良いと思った服を教えて欲しいだけですから」

うっ、まっすぐに笑う推しが尊い……。

いや、身の回りに男がいないから貴重な男の意見枠ってことなんだろうけど、そんなにこにこしながら言われたらお兄さん勘違いしちゃう……！

いやまあ、推しはあくまで推しであって恋愛感情とかにはならないんですけどね（真顔）。

「がんばります」

「はい、がんばってください」

ヒナタちゃんのためなら服選びに人生を捧げてもいい。

――と、いつもの俺なら言ったのだろうが、今日の俺は一味違う。

なぜならヒナタちゃんの服選びと並んで、もう一つの重大な目的があったからだ。

それは、先日の雨剣(うつるぎ)ルイの発言に起因する。

言うまでもなく、俺にとって一番の推しはヒナタちゃんだ。

けれど『わたゆめ』キャラは基本的に箱推しなのでルイも推しの一人である。

作画担当の人が書き分けの上手な人だったので、ルイの容姿を見る度に「綺麗なキャラだなぁ」とため息を吐いていたものだが――本物は格が違った。

普通、画面を通した二次元の方が人は美人に見えるものだが、彼女に関しては例外と言わざるを得ない。

二次元を超える美人っているんだぁというのが、一介のオタクの素直な感想である。

その美しい容姿に匹敵するほど俺に衝撃を与えたのが彼女とヒナタちゃんの関係性だ。

あの時、ルイははっきりと『ワタシのヒナを辱めたゴミクズ』と俺を罵（ののし）った。

彼女の怒りの原因には思い当たる節しかないが、思い当たらないのは彼女がヒナタちゃんを『ヒナ』と呼ぶ理由。

原作では、ヒナタちゃんが彼女と仲良くなるのは今よりももう少し後のことだ。

二人は養成学校（スクール）時代の同期ではあるが、美貌の秀才として名を馳せていたルイをヒナタちゃんが一方的に知っている程度だった。

ちなみにそのヒナタちゃんも天稟（ルクス）を得たのが三年遅れでありながら養成学校ではルイに次ぐ二番手なのだが、その彼女を全く認知していないあたりルイの他人への興味のなさが如何ほどのものか伺える。

天翼の守護者（エクスシア）としてバディになってはじめて存在を認知し、いくつかの事件を乗り越えてようやくルイはヒナタちゃんのことを『ヒナ』と呼ぶようになるのだ。

ここらへんは『わたゆめ』序盤の中心となるイベントだったので、記憶違いはないだろう。

だというのに、ルイは現時点でヒナタちゃんを『ヒナ』と呼んでいる。

この件に関して俺は全く心当たりがない。ホントに。

そもそも養成学校(スクール)での出来事であり、俺には関与しようがないのである。

となると、俺以外の不確定要素がある、またはいることになるのではないだろうか。

ふっふっふっ、オタクの灰色の脳細胞を舐めるなよ。

名探偵こと俺は、その不確定要素を探るべく今日のお買い物に臨んでいるのだ！

と、調子に乗ったオタクの隣から、

「あっ、そうだ。お兄さんに伝えなきゃいけないことがあって……」

ヒナタちゃんが申し訳なさげな表情で、こちらを見上げる。

……下がり眉ズルくなーい？　めっちゃかわいいんですけど。

そんな可愛い顔されるとお兄さん何でも許しちゃう。

「今朝、友達に服を買いに行くって話したら、どうしても来たいって言い始めちゃって」

「うんうん…………ん？」

……ふぅーん？

まあ、ヒナタちゃん友達多いしね？　……俺と違って。

「急な話で本当に申し訳ないんですけど、三人で回っても大丈夫ですか？」

「元々、クシナも呼ぶつもりだったみたいだし、俺は構わないんだけど……」

……別に「あ、デートじゃないですよね」とかガッカリしてるワケじゃないですよ？

それよりも、

「えぇーっと、ヒナタちゃん？　その子って、どういう……」

「――――ヒナ」

歩いていた俺たちの後方から透き通った声が響いた。

俺が身体を強張らせる横で、ヒナタちゃんが振り返る。

「へ？　――わぷっ」

声の主が、きょとんとするヒナタちゃんに――抱きついた。

俺とヒナタちゃんが別々の理由で動けない中、その人物だけが好き勝手に振る舞う。

「はあぁ、隊服じゃないヒナもかわいい。本当に天使。結婚しましょう？」

腕の中のヒナタちゃんをぎゅうっと抱き締めながら、欲望を垂れ流す。

灰色のパーカーのフードを深く被っているため、俺の位置からはその顔が見えない。

しかし、その格好と言動の全てが不審者極まりない彼女の声には聞き覚えがある。それはそれは、とてもよく。

具体的には怨嗟に満ちた声とか、最近たくさん聞いた気がする。

……いやいやいや、似た声の人とか沢山いるし気のせい気のせい。ほら、フード被ってるし（？）。

ヒナタちゃんに対して「かわいい」とか「天使」とか言って崇めてるヤバい奴とか不審者以外の何者でもないでしょ、俺を筆頭に。はやく捕まえなー？

「あはは、外ではやめようねって言ってるのになぁ……」

しかし、捕まえる立場のヒナタちゃんは不審人物に抱きつかれているというのに、しょうがないなあというような苦笑を浮かべていた。

そして、まだ現実逃避している俺にとどめを刺す。

「ほら、一回離れよ？　――ルイちゃん」

ああああ、やっぱりルイだあああああああああっ⁉

今日の計画とか俺の人生とか終わったあああああああっ‼

「ん～、まだもうちょっと……」

「………ッ！」

――いやまだだ！　まだ終わってない！

ぐりぐりとヒナタちゃんに頬擦りするルイの眼中にどうやら俺は微塵もない。

今のうちに何とか……。

「ほら、この人が前から話してる『お兄さん』だよ？」

「⁉」

あああああ待って待って推しに息の根を止められるぅっ！

それは幸せだけど今はちょっと待ってええええ‼

親友の肩を揺するヒナタちゃんに、心の中で首をもげるほど振るが、虚しくも祈りは届かない。

「ルイちゃんだって会ってみたいって言ってたでしょ？」

「言ってない。会っても構わないって言っただけ」

構う！　めっちゃ構う！

「もうっ、ほら」

「……しょうがないわね」

未練を隠す気もなく、緩慢に顔をあげるルイ。

そっと、伺うように向けられた目が、

「――あ？」

人を殺せる目つきに変わった。

ルイは素早く、俺からヒナタちゃんを隠すように抱きしめ直す。

「え？　え？　ルイちゃん？」

困惑する天使をおいて、彼女は辺りに視線を走らせる。

普段の長剣に代わる武器を探しているのだと気づいた瞬間。

「――――」

俺はルイとの距離を詰めた。

急迫する俺に対して容赦無く放たれた肘打ちを《分離》。

身体が触れないように彼女の耳に口を寄せ、囁く。

「静かにした方がいい」

こうなったら、やってやろうじゃないか。

「その子を、傷つけたくないだろう？」

――徹底的な悪役をなぁ！

俺の脅迫（おねがい）を聞いて、ルイは動きを止めた。

「…………っ！」

申し訳ないが、ヒナタちゃんには人質になってもらう。

そうすれば彼女を『ヒナ』と呼び慕う今のルイは絶対に動けない。

「む～！　ん－！」

ヒナタちゃんはルイの胸元に掻き抱かれていた。

小柄なヒナタちゃんと長身のルイなので、抱かれた方は顔を抑えつけられ、周りに注意を払う余裕なんてなさそうだ。

瞬時にそれを確認した俺は、ヒナタちゃんには聞こえない声量で続けた。

「分かるだろう？　俺はヒナタと仲が良いんだ。真実を知ったら、彼女はどう感じるかなぁ？」

自分史上最高に悪そうに見える薄ら笑いを浮かべる。

「～～～っ、この……っ！」

肩越しに敵を睨みつけるルイは悔しそうに歯噛みした。

優しいヒナタちゃんがショックを受けることは容易に想像できる。

一時の感情で俺を断罪する代償を悟ったのだろう。

「ね？　今は大人しくしておくのがお互いのためじゃないかい？　友達想いの雨剣隊員？」

「くぅ……っ、下衆が……っ！」

毒づきながらも、この場で俺の正体を明かすデメリットに煩わされているのが見て取れる。

腕の力が緩んだのか、ヒナタちゃんが拘束から抜け出した。

「もうっ、ルイちゃん！　いきなり何なのっ？」

「………ご、ごめんなさい。この男が不審者かと思って、つい……」

一瞬の逡巡の後、言い訳する彼女の頬には引き攣った笑いが張り付いていた。

ヒナタちゃんが離れた段階でルイの横に並んでいた俺も似たような笑みを浮かべる。

「もう解決したから大丈夫だよ、ヒナタちゃん」

ヒナタちゃん、と呼んだ途端、横からの殺意が膨れ上がる。

馴れ馴れしく呼ぶな犯罪者っ、という内心が聞こえてきそうである。

「そ、そうですか……？」

ヒナタちゃんはやや困惑を残したまま。

その目が俺たちの、肩が触れそうな距離へと向けられる。

察した俺とルイが、弾かれたように同時に離れた。

「……。とりあえず、自己紹介からしますか？」

「そうだね」

「そうね」

二人揃って同じような返事をしてしまい、ルイが俺のことを睨みつけてくる。

「ヒナの唯、い、い、い、一無二の親友、雨剣ルイよ」

特定の箇所を当てつけるような物言いをしてくるルイ。

……ほう。まあ？　ルイだって推しなわけだし？　別に対抗心とか湧かないですけど？

「ヒ、ヒ、ナ、タちゃ、ん、の兄代わり、の指宿イブキだよ」

俺だって相当なオタクだし、なんならこれからのヒナタちゃんも多少知ってるし？　負けないが？

こちらの対抗意識を感じ取ったルイの微笑みの美しさが増した。

「「よろしく」」

「ははは」

「ふふふ」

ほの暗い笑顔を浮かべ合う。

ヒナタちゃんが不安そうにこちらを見ていた。

「あの……ひょっとして、もう仲悪いんですか？」

「「すっごく良い」」

俺とルイが笑顔のまま声を重ねた。

「ヒナ、これなんかどう？」

ドヤァと音が聞こえてきそうなほど自信満々に、ルイは腕に抱えたものを見せびらかした。

そこにあるのは彼女がヒナタちゃんのために見繕ってきた服。

だぼっとしたブルゾンにデニムスカートというボーイッシュな組み合わせだった。

キャップとスニーカーまでしっかり一セット持ってきているところに気合いを感じる。

「んー。ルイちゃんには似合うけど、わたしに似合うかなぁ」

「ヒナに似合わない服とか存在しないわ。あったとしても、似合わない服の方が悪いに決まっているでしょう?」

「ルイちゃんって、めちゃくちゃ言うよね」

天上天下ヒナタ独尊……。

繰り返すが、最推しはヒナタちゃんだがルイも推しの一人である。

自己紹介では対抗意識から刺々(とげとげ)しい態度を取ってしまった(オタクは沸点が低い)が、冷静になれば推し二人の間に割り込むとかありえない。

目の前には仲良く服選びを楽しむ推し二人。なにこの幸せ空間。

オタクはただ壁のシミと化して彼女たちの尊みを噛み締めるばかりである。

「お兄さんはどう思いますか?」

噛み締めるばかりになりたかった。

はにかむヒナタちゃんの上目遣いに心臓を撃ち抜かれる。

「────ッ」

その背後に佇むルイの殺意の波動に心臓を射抜かれる。

(似合わない訳がないわよね? 下手な事を口走ったらこの場でシマツシテヤル)

……聞こえる聞こえる。無言の脅迫がはっきり聞こえる。

——だが安心しろ。俺も、同意見だッ！

「すっごく似合うと思う。ヒナタちゃんは可愛いし小柄だからボーイッシュな服装は新鮮味とギャップがあってめちゃくちゃ良い」

「そ、そうですか？　……えへへ、ちょっと着てみようかな」

俺の早口褒め言葉を聞いて照れ臭そうにする推し（ヒナタ）と、その後ろでご満悦そうに頷く推し（ルイ）。

後者はカゴの中に自分のコーディネートをキープして、すぐさま他の組み合わせを探しに行く。

『ヒナに何かしたら地獄送りだから』

俺の横を通り過ぎる際に、小声でしっかりと釘を刺しながら。

……ちなみに本日のショッピング中だけで五回目の釘である。

このままじゃ藁人形（わらにんぎょう）みたいになっちゃう……。

だが逆に言えば、釘を刺すだけで済んでいるのだ。

敵に対して容赦のないルイらしからぬ行動である。

果たして、どういう思惑があるのか……。

「「ふう……」」

残された俺とヒナタちゃんの吐息が重なった。

ふいと顔を見合わせると、どちらともなく吹き出す。

「ふふっ……ちょっと、はしゃぎすぎちゃいましたね」

「もうすぐお昼だし、そろそろ一階で休もうか」

「ですね」

いつの間にか、最近ヒナタちゃんと顔を合わせるたびに湧き上がってきていた、浮き足立つような心地はなくなっていた。

というより、昔のように落ち着いてヒナタちゃんと接せるようになったと言うべきか。

小学校の頃から今の面影はあったけれど、昔はまだ本当の兄妹のように接していたのだ。

「…………」

ふと、ヒナタちゃんの目が一所に留まる。

それはわずかな間だったが、その視線は確かにショーウィンドウへと向いていた。

視線の先には、一体のトルソー。

それはピンクのカーディガンと黒のスカートを合わせたガーリーなコーディネートを纏っている。

随分と可愛らしさに特化した組み合わせだ。けれど……。

ふっと、微笑ましい気持ちが湧き上がった。

「――あ、店員さん。あれと同じ服ってどこにありますか？」

「お、お兄さんっ⁉」

突然店員さんに話しかける俺に驚くヒナタちゃん。

ついでに男から話しかけられてぎょっとしている店員さん。

店員(あなた)は慣れろ。

「わ、わたしは着たいなんて言ってませんよっ？」

店員さんが探しに行くと、ヒナタちゃんは俺に抗議しはじめる。

スカートの前で両手の指を組み合わせ、その人差し指だけをトントンと組み替えている。

その仕草を見て、ちょっとだけ微笑ましく思う。

「ヒナタちゃんは昔と同じで意地っ張りだね」

「……お兄さんは、相変わらず強引です」

ぷいっとそっぽを向く妹分は、推しとか関係なく可愛らしかった。

「そういえば」

ふと頭をよぎる、今日のヒナタちゃんの服選びの様子。最後のは別にしても……。

「今日はずっと大人っぽいものばかり選んでたね」

「き、気付いて……」

「さっき気付いたばかりだけど。もしかして、大人っぽく見られたかったとか?」

「うぇあっ⁉」

「あ、図星だ」

「や、その……~~~っ」

徐々に耳まで真っ赤に染め上げていくヒナタちゃん。

「まあ、気持ちはわかるよ。だって――」

ちょっと意地悪しすぎたかな、とフォローに動く。

内心を言い当てられることを察した彼女がきゅうっと目を瞑った。

「――待ちに待った高校生になったんだもんね！」

「…………はえ？」

ぽかんとして妹分が俺を見上げる。

「でも大丈夫！　養成学校(スクール)で頑張ってきたヒナタちゃんなら、どんな格好でも天使……て、天才的に可愛いから！」

「…………」

「あれ？　ヒナタちゃん？」

彼女は複雑そうな表情でため息をついた。

「まあ、根本が間違っているという致命的事実を除けば、嬉しかったので許します」

「え、ありがとう……？」

「ふん、です。試着してきますから待っていてください」

そう言い残してすたすたと歩いて行ってしまう。

残されたのは困惑する俺独り。

――その場に、寒気がするほどの重圧が掛かった。

ぎぎぎ、と首だけで後ろを見れば、

「ナニカ、下手な事を口走ったわね？」

それはそれは魅惑的な笑顔を浮かべる残酷な天使がいた。

――さようなら、全ての指宿イブキ。

ここ、桜邑ショピングモールは、上空から俯瞰(ふかん)すると落花生のような形をしている。

五階建ての複合型商業施設だが、中央部は吹き抜け構造で、吹き抜け部分にはエスカレーターが行き交っている。

本日、ショッピングで訪れたのはA棟。

ブティックやらフードコートやらは各階の壁側に並んでいた。

落花生で言うなら下側の大きい方の棟だ。

こちらは大きい分、吹き抜けのスペースも広いので、一階の真ん中は広場のようになっている。

一際目立つニュースなどが流れる巨大スクリーンの前には、休憩用のテーブルもあった。

そのうち一つを確保した所で、俺は言った。

「ヒナタちゃん、先に選んでおいでよ。──俺と雨剣(うつるぎ)さんはここで待ってるからさ」

「は?」

間髪入れずにルイがドスの効いた疑問符を発してくるが、笑顔で受け流す。

ヒナタちゃんは逡巡するように俺とルイを見比べた後、

「そう、ですね。わかりました」

控えめに頷いた。それを受けて焦るのはルイだ。

「え、待ってヒナ。ワタシも一緒に──」

ヒナタちゃんがこちらを見ていないのを確認して。

俺はルイだけに見えるよう、なんかよく分かんないけど悪そうな笑いを浮かべてみる。

「————ッ」

視界の端でそれを捉えたルイの変化は劇的だった。

一度、目を見張り、

「……くっ、そうね。い、いってらっしゃい、ヒナ」

悔しそうにヒナタちゃんから顔を背けた。

「？　うん、わかったよ。……二人とも、仲良くね？」

薄々、俺とルイの仲が良好とは言いがたいことを察しているようだ。

ヒナタちゃんはそう言い残して歩いて行った。

「…………」

「…………」

パーカーのフードを被ったまま黙りこくるルイと、俺との間に沈黙が横たわる。

こうなると予想はできていた。

それでも俺はルイを呼び止めた。

言わば、これは先制攻撃だ。

ルイだって今朝会ってから今まで、ただ買い物を楽しんでいたわけじゃないはずだ。

微妙に俺を泳がせていたり、確実に何か狙いがあったはず。

その正体はわからないまでも、敵には容赦のないこの子のことだから、くらえば致命傷になる可能性は高い。

ならば、その狙いが成る前にこちらから攻撃を仕掛ける。

俺の正体をヒナタちゃんにバラされないために。

あわよくば、ヒナタちゃんと仲の良い俺に手を出せないように持っていければ最高だ。

「さて」

「……っ」

重々しく口を開いた俺に、ルイが表情を硬くする。

「まあ、そう身構えないでよ」

「そんな胡散臭(うさんくさ)い薄ら笑いを浮かべて、どの口が……っ」

……あっれー？

今は落ち着いてもらうために、なるべく柔らかく微笑んだつもりだったんだけど……。

いやまあ、元々の俺に対する心証が最悪だろうし、今更気にするだけ無駄か。

しかし、心証は最悪でも、現状はどうにかしなくてはならない。

ヒナタちゃんや【循守の白天秤(プリム・リーブラ)】に俺の正体をバラされると、それはもう困るなんてものじゃ済まないのだ。

どうにかしてルイが俺の正体を他者に明かさないように仕向けることが必要だ。

一番の理想は『ヒナタちゃんの敵ではない』と説得すること。

が、もはやこれは不可能である。

「それで？　ヒナを盾にワタシを脅すつもり？　このクズが」

ほらね……。

自業自得感は否めないが、悪ぶった言動がなくても信用されなかっただろう。

俺がヒナタちゃんに危害を加えない証拠なんてないのだから。

——だから発想を変えてみることにした。

信用を得ずに、けれど手出しできないと思わせればいいのだ。

悪いとは思うが、ヒナタちゃんとの関係を抑止力にさせてもらう。

ヒナタちゃんとの関係を壊さずにルイを押さえ込むにはこの策しかない。

そうして、この場を凌（しの）ぐ。

その関係を長引かせれば長引かせるほど良い。

いつか弁明をする際、「ほら、今まで危害を加えてないだろう？　これからも君たちに危害は加えないよ」という説得に信憑性が増すからだ。

だから俺は、

「脅すなんて人聞きの悪い。ちょっと頼みごとがあるだけさ」

自分にできるだけの、柔らかい笑みを浮かべてみせた。

――少しくらいは信用できる余地があるのではないか。

そんな風に思っていた自分が馬鹿だったと、ルイは思い知っていた。

そもそもルイはイブキがどんな人間なのかを知っている。

いや、今となっては知っていたと言う方が適切だが。

知っていたのも当然、幼少の頃からヒナタが彼についてよく話すからだった。

ルイは親友としてヒナタをよく知っている。

そのルイからしてみても、ヒナタは真っ直ぐな性格で天然なところがある。

けれど、決して頭が悪いわけじゃない。

生い立ちもあって、人を見る目に関しては優れていると言っていいだろう。

そのヒナタがイブキを、まるで少女漫画のヒーローのように語るのだ。

そんな相手が本当に悪人なのだろうか、という気持ちが心の奥にあった。

この場合、信じたかったのはイブキではなくヒナタの人を見る目であるが。

だからこそ、本当に信用できるのかどうかを試すために、今日はイブキを泳がせていたのだ。

――しかし。

「脅すなんて人聞きの悪い。ちょっと頼みごとがあるだけさ」

眼前の外道は、ひどく胡散臭い笑顔を浮かべた。

その計算高げな薄ら笑いに、ルイは自身の懸念が的中していたことを確信する。

――このクズ、初めからヒナを利用するつもりでいたわけね……ッ。

小さい頃からヒナタは【循守の白天秤（プリム・リーブラ）】に入りたいと公言していた。

それをこの男が知らないわけがない。

「なに、簡単な頼みだよ。俺の正体を口外しないで欲しいだけさ」

ヒナタが強力な天稟（ルクス）を授かってからは、彼女の夢は実現性の高いものとしてこの男の目にも映っていたはずだ。

自身の正体を隠し、裏からそれを利用するのが狙いだったというならば、もはや見逃す余地ない。

「断るわ」

「困ったな。でも、君が仮にバラしたとして証拠はあるの？　果たしてそれでヒナタちゃんは君の言うことを信用するかな？」

「……チッ」

……悔しいが、目の前の外道の言う通りでもある。

何の証拠もなしにヒナタにイブキの本性を伝えたとて、長年の信頼関係が簡単に崩れるとは思いがたい。

それだけの関係を、この男は何年も前から構築していたのだ。

なんという、布石。

業腹（ごうはら）極まりないが、その手腕と忍耐強さは認めざるを得ない。

現状、自分にはこの男の謀略を破ることができない、ということも。

「…………」

「分かってくれたようだね。別に君達をどうこうしようなんて、俺も思ってないんだ」

「黙りなさい、ヒナに抱きついた変質者がっ」

「うぐっ」

こちらの罵倒(ばとう)に胸を押さえるイブキ。

あたかも心を痛めています、というような仕草でおちょくられ、また怒りが募(つの)った。

今や外道男の言葉は、ルイにとってゴミ虫以下の価値もない。

自分たちをどうこうする気はない、と言うが、それには「現時点では」という修飾が抜けている。

というより、意図的に覆い隠しているのだろう。

これでも自分達は【循守の白天秤(プリム・リーブラ)】の次世代トップだ。

これからの利用価値なんていくらでもある。

それをコイツの思うがままにはさせられない。

なによりヒナタがこのクズに騙されたままでいいはずがない。

「……いいわ。アナタが大人しくしている間は黙っていてあげる」

「……！　たすか――」

「けれど」

何か言いかけた相手を遮って、ルイは宣戦布告する。

「アナタが次に〈乖離〉になった時は地の底まで追いかけて、あの忌々しいフードを剥ぎ取ってヒナに突き出してやるわ」

ルイの戦意を真正面から叩きつけられた俺は、ニッコリ笑った。

——そうはならんやろ。

ルイが、見惚れてしまうほどに勇ましく柳眉（りゅうび）を上げる。

「否定できない状況で、ヒナの目を覚ましてみせる」

……あっれー!?

とりあえず場を逃れたと思ったら、さっきより恨み辛みが上乗せされてる!?

「正体をバラさないで」と「君たちをどうこうするつもりはないよ」しか言ってないんだけど!?

まずいぞ。この場だけは凌げたけど、この場しか凌げてない……。

「い、いや、あのね？」

「五月蝿い黙れ」

「ちょっと待って、誤解がありそうな——」

「その胡散臭い口を閉じろ」

俺の弁明をルイが拒絶する流れが続こうかという、その時。

「あのぅ……」

テーブルの横から控えめに声がかけられ、俺たちは秒で黙る。

ヒナタちゃんは困ったように眉を下げた。

「仲良く、できませんか？」

「ううん、すっごく仲良し（だ）よ⁉」

その場に笑顔の花が咲いた。

造花である。

すれ違いまくっているが、俺たちの最優先事項はヒナタちゃんを笑顔にすることで相違ないので、これからも造花は咲き乱れる予定。

そのうち俺とルイで造花のフラワーショップとかできるようになるかもね……ははは……。

「そ、そうですか……？」

同時に向けられた作り笑いに、ヒナタちゃんはやや引き気味に応えて席に座った。

その際、彼女が置いたトレーの上に目が吸い寄せられる。

ラーメン、チャーハン、カツ丼、ハンバーガー……文字通り山盛りだった。

「たんすいかぶつ」

「え？　……あっ！」

俺の目線を追ったヒナタちゃんは、自身の昼食ラインナップを見て「しまった！」という表情をした。うちの推し、表情が分かりやすい。

「え、えっと、これは違くて……！　ふ、二人の分も買ってきたんですよ！」

わたわたと言い訳をする親友を見て、ルイがフードの奥でキラリと目を輝かせる。

「――いいえ、それは嘘よ」

「ルイちゃんっ⁉」

背後から刺されたヒナタちゃんはびっくり。

「普段はもっと多い量を一人で食べているもの」

「ルイちゃんってば！　……え、えへへ、違うんですよ、お兄さん」

卑屈っぽく笑いながら、弁明しようとする食いしん坊天使。

ルイはその後ろで、挑発的な微笑みを浮かべていた。

それを見て気付く。

――こいつ、俺のフォローミスを誘っていやがる……！

これで俺が下手なことを言えば、ヒナタちゃんの俺への好感度が下がると踏んでいるのだろう。

なんてこすっからい正義のヒロインなんだ……。

――だが、このヒナタちゃんオタクを舐めるなよ？

「大丈夫、ヒナタちゃん」

俺はなんでもないように笑いかける。

「ふぇ……？」

「いっぱい食べる子って、すごく魅力的だよ？　美味しそうに食べてる様子を見てるだけで、こっちも嬉しくなっちゃうくらい」

「……ほんとですか？」

「うん」

少しは落ち着いた様子のヒナタちゃんに、「それに」と言って言葉を続ける。

「ヒナタちゃんのそれ、代償の影響でしょ？」

「！」

ヒナタちゃんだけじゃない。ルイまでもが目を丸くしていた。

「昔はそんなに食べる印象なかったし、さっきル……雨剣さんが『普段はもっと食べる』って言ったから。君たちにとっての〝普段〟は天稟を使う日常。なら、代償で沢山食べなきゃいけないのかなって。だったら、胃が大きくなるのも自然なんじゃない？」

――なんて、早口に語ってみたけど、元々知っているだけです。

それを知る由もない彼女たちにはそれなりに驚きだったらしい。

「すごい、その通りです……」

「…………」

ヒナタちゃんは誤解がなかったことに安堵の表情を浮かべ、ルイは端正な顔を憎々しげに歪める。

場の気勢が削がれた所で、今だとばかりに立ち上がった。

「じゃ、俺もなんか買ってくるね」

店のラインナップを確認しながら、頭では別のことを考える。

ヒナタちゃんの代償は『飢餓』というものだった。

俺と同じで、促成展開型。

天稟の使用度合いによって代償の度合いも変化し、さらには使用から時間が経つほど求められる代償（アンブラ）も大きくなる面倒な型だ。

　つまりヒナタちゃんなら、《加速》を使えば使うほど飢餓感が強くなり、早く満たさなければ一層それは増していく。

　女の子的には堪（たま）ったものではない代償（アンブラ）なのかもしれない。

　しかし！　オタクにとって食いしん坊属性は萌え要素でしかないんだ！

「代償（アンブラ）まで可愛い……うちの推しはなんて完全無欠なんだ……」

　畏敬の念に震えながら、昼食を買って席に戻る。

　ルイは手早く購入を済ませたようで、彼女の前には既にハンバーガーの乗ったトレーが置かれていた。

　各々が食事を口にしはじめた時、ホール中央の巨大スクリーンから声が響く。

『次のコーナーは、天翼論功（エンジェルオーダー）のお時間です！』

『今週もやってきましたねー。楽しみです！』

　ちら、と横目で見れば、画面に流れているのはニュース番組のようだった。

　喋っているのは数人のイケメンアナウンサーたちだ。

　天稟（ルクス）の有無による男女格差が広がる現代。

　男性はこうして天稟（ルクス）の関与しないところで重宝されるようになっていた。

　テレビを見ないとはいえ、さすがにそれくらいは知っている。

　気になったのはそこではなく、彼らが発した「エンジェルオーダー」なる単語だ。

俺の予想が正しければ――。

『このコーナーでは、今週の活躍が目覚ましかった天翼の守護者（エクスシア）の紹介をしてまいります』

――やっぱり！

今週のスポーツ名場面、的な感覚なのだろう。

「こんなコーナーやってるんだね」

「ああ、お兄さんはテレビ見ないから知りませんよね」

ルイは興味なさげにしていたが、ヒナタちゃんが教えてくれる。

「【循守の白天秤（プリム・リーブラ）】のプレスリリースの一環です。こうやって、治安維持のアピールをして市民のみなさんに安心をもたらそうとしているんですよ」

事件のドローン中継しかり、天使たちの情報は意外と出回っている。

彼女たちは正義のヒロインとして平和の象徴となると同時に、アスリートと同じように人々の憧れとしても扱われているのだ。

こうしたメディア戦略の甲斐あってか、小・中学生女子のなりたい職業ランキング一位はぶっちぎりで天翼の守護者（エクスシア）。

ヒナタちゃんは口にしなかったが、次代の英雄の卵をかき集める狙いもあるのだろう。

『まずは次代を担う新人たちの中から、優秀な戦績を誇る守護者を見ていきましょう』

そうして画面に映し出されたのは――、

「ひゃわっ⁉」

そうです！　うちの推し！　眩(まばゆ)い笑顔のヒナタちゃん！

「うおおっ」

「当然ね」

　テンションが上がりまくる俺に、分かっていたとばかりにクールなルイ。

　ヒナタちゃんは顔を赤くして恥ずかしそうにしていた。

『傍陽ヒナタ隊員は今週から第十支部に配属された期待のルーキーです』

『今週から配属なのに、もう実戦に参加しているんですか⁉』

『そうなんですよ。養成学校(スクール)で歴代一位タイの成績を残していることが認められ、即実戦投入となったとのことですね』

『歴代一位タイというと、数ヶ月前に入隊した雨剣(うつるぎ)ルイ隊員と同率ですか？』

『はい。しかも二人は幼馴染でもあるらしく、さっそく今週からバディを組んでいるそうですよ』

『はぁー。歴代トップの逸材ペアということですね』

『最近、【救世の契り(ネガ・メサイア)】の動きが活発な桜邑地区には頼もしいニュースですね』

　アナウンサー同士の軽快な会話が続くたび、ヒナタちゃんはみるみる羞恥に縮こまっていった。

　かわいい。

　ルイは、ヒナタちゃんとのペアがどうこうという部分で、これみよがしなドヤ顔を送ってきた。

　うざい。

『今週の戦績も凄まじいもので、八つの事件を既に解決していますね』

『八つ⁉　一日一件以上じゃないですか！』

『ええ、彼女の天稟（ルクス）もあって、駆けつけるスピードが凄まじいそうですよ』

俺とヒナタちゃんの戦い（と呼んでいいのかは謎だが）から既に六日が過ぎている。

ということは、あれからヒナタちゃんは一度も失態を見せていないのだろう。

俺が出鼻を挫いてしまったが、立ち直れている様子にひと安心する。

『さて、それではルーキー紹介はここまでにしまして……』

次に画面に映ったのは、銀色の髪の少女だった。

いや、少女ではなく、女性と呼ぶべきか。

背には弓を背負い、片手には無造作に鈍色（にびいろ）の長銃を引っ提げている。

陶人形（ビスクドール）を思わせる彼女のことは、俺も知っていた。

「夜乙女（やおとめ）リンネ」

呟いたのは、ヒナタちゃんだった。

――傍陽ヒナタには、二人の憧れがいる。

一人はかつて犯罪事件に巻き込まれた自分を救ってくれた【循守の白天秤（プリム・リーブラ）】の英雄。

そしてもう一人の憧れこそ、第十支部最強との呼び声が高い天使、夜乙女リンネ。

寡黙かつ神出鬼没な彼女については、原作でもほとんど描かれていない。

だから俺も詳しくは知らない。

けれど、ヒナタちゃんが彼女に抱く熱のことは俺もよく知っていた。

そして、

「…………」

先ほどまでは興味なさげにしていたルイですらも画面上の銀影を目で追っていた。

――その視線にはどこか複雑な色が宿っているように、俺には見えた。

「それじゃあ、午後も楽しみましょうか！」

ヒナタちゃんが元気よく席を立った。

午後の予定は特に決めていない。

服はあらかた見終えたので、気に入ったものを買って、アクセサリーなんかも見て回ってみるか。

あるいは併設の映画館に面白いものがやっているかもしれない。

――そんなふうに、和やかに会話が弾んでいるときに、それは起こった。

爆発音。

次いで、豪風。

「なっ、なんだっ⁉」

発生点のホール中央では、先ほどまで天翼の守護者（エクスシア）が映し出されていたスクリーンが大破していた。

「ヒナっ！」

「うんっ！」

天使二人が、いち早く身構える。

それを見て、遅れて俺も事態を悟った。

事故か、それとも襲撃か。

それは、ホール中央の白煙が晴れて明らかになる。

「はっはァー！　やっぱ襲撃っつーのは派手じゃなきゃあ、やりがいがねェよな!!」

その男には見覚えがあった。

【救世の契り（ネガ・メサイア）】でも有力な構成員、〈剛鬼〉。

彼は正体を隠すつもりもないのか、フードも被らずにローブを肩にかけ大笑していた。

その周りには彼の部下らしき構成員たちが十人ほど立っている。

「数が多いですね……、――お兄さん、逃げてください」

「っ、ヒナタちゃんたちは!?」

「分かり切ったことを聞くんじゃないわ」

誰よりも狼狽えている俺を見て、ルイは俺がこの件に関与していないと断じたらしい。

こちらを一瞥（いちべつ）したきり、危険度の高い〈剛鬼〉から目を離すことはなかった。

ルイの台詞を、ヒナタちゃんが――天翼の守護者（エクスシア）の少女が継ぐ。

「ここにいる人たちを、守ります」

幕間　少女の見た夢

あれは、わたし――傍陽ヒナタが五歳の時のことだった。

とある天稟（ルクス）事件に巻き込まれたわたしは、一人の天翼の守護者（エクスシア）によって命を救われた。

――よくがんばりましたね。

鉄の仮面で貌（かお）の上半分を隠した彼女の微笑を、わたしは今でも忘れない。

その日、わたしの将来の夢は天翼の守護者（エクスシア）になった。

熱心にそう語るわたしに、お母さんは複雑そうな表情を浮かべていたっけ。

きっと娘のことが心配だったのだろう。

それでも否定することなく応援してくれて、わたしはすっかり、そのつもりになっていた。

けれど、七歳になった日。

わたしに天稟（ルクス）は、与えられなかった。

ほぼ全ての女性は、七歳の誕生日に天稟（ルクス）を授かる。

天啓、というらしい。

誕生日の正午になると頭の中に鐘の音が鳴り響き、その祝福とともに自分の天稟（ルクス）と代償（アンブラ）を知るのだとか。

クリスマス・イブの夜なんて目じゃないくらい楽しみにしていたわたしの心は、その日の日付変更線が過ぎてしまった瞬間、どん底に落とされた。

ううん。どっちかというと、何が起こったか理解ができなかった。

何も起きてなんていないのにね、なんて。

ひょっとして今日は誕生日じゃないのかな、とか。

神様が何かを間違えちゃったのかな、とか。

そんなことを考えるわたしをおいて、正午を過ぎたあたりから両親の顔色がどんどんと悪くなっていったことを、今でも鮮明に思い出せる。

天稟(ルクス)が与えられない女の子なんて、今の時代ではほとんどいない。

一万人に一人とか、そういうレベルの話だ。

夜が明けても、わたしは自分がそうだとは信じられなかった。

夢を閉ざされたのだと、正しく認識したのは何日後のことだっただろう。

部屋で独り、こっそりと泣いているお母さんを見てしまった時。

わたしは自分の夢が、目指すよりも前に終わってしまったことを知った。

そして、それと同じくらいわたしを苦しめたのは、周囲からの排斥だった。

それまでの友達は一気にわたしから離れていった。

知りもしない違うクラスの子に「あの子には関わるな」と広められていて悲しくなった。

けれど、この周囲の反応も仕方のないものなのだ。

天稟（ルクス）を授からなかったというのには、「単純に特別な力を貰えなかった」以上の意味があったから。

かなり噛み砕いて説明すると、こんな感じだ。


――百年前に世界初の天稟（ルクス）が確認されるより、さらに数十年ほど前のこと。

現在のトルコ共和国に位置する教会にて、一つの石碑が発見された。

日本語で表すならば、その石碑にはこう書かれていたという。

【瑕疵（かし）なき真人（しんじん）生まれ落つ刻（とき）、彼（か）の者に人智（じんち）及ばぬ天稟（てんぴん）を授く】

要するに「完璧な人間が生まれたら、その人には異能力が目覚める」という意味。

それは神からの預言であるとされ――事実、その数十年後に人類は天稟（ルクス）を手に入れることとなる。

ゆえに現代では、天稟（ルクス）を持っていないということは「神様が〝完璧でない〟という烙印を押した」と同義だった。

天稟（ルクス）に目覚めにくい男性の社会的立場が低いのも、これが大きく関係している。

そういうわけで、女でありながら天稟（ルクス）を授けられなかったわたしは周囲の人から敬遠された。

そんな状況が一年半近く続き、日に日に暗くなっていくわたしを見かねたお母さんの提案で引っ越しと転校が決まった。

そしてそこで――わたしは、あのひとに出会ったのだ。

「先日、お隣に引っ越してきた傍陽です。よろしくお願いします……って、あら?」

ご近所さんに挨拶するからとお母さんについていった先。

隣の日本家屋の玄関から出てきたのは、まだ幼い男の子だった。

と言っても、わたしよりはいくつか上に見えたけど。

「あ、ご丁寧にありがとうございます。指宿と申します」

「あらあら、男の子なのに立派なのねぇ……!」

お母さんはまだ幼い少年が出てきたことに驚いていたが、彼の歳に似合わぬ大人びた物腰にさらに驚きを重ねたようだった。

「……ん?　そえひ……傍えるに、陽……?」

「まあ!　よく分かったわね。そうなの、珍しい名前でしょう?」

「え、ええ、そうですね」

なにやらぎこちなく頷く彼の目が、お母さんの後ろからひょっこり顔を出すわたしに向けられた。

「————ゑっっっ!!??」

「……っ」

急に叫び声を上げられて身をすくませる。

そんなわたしを、お母さんは思い出したように前に押し出した。

「そうそう、娘のヒナタです。歳も近いと思うから、よろしくね?」

「はい……。えぇーっと、その、指宿イブキだよ、よろしく、お願いします?」

彼の台詞がなぜか疑問系だったのは覚えているが、その後どうなったかは記憶が曖昧だ。

ただ、家に帰ってもお母さんが「まだ小さいのにちゃんと受け答えできて偉かったわねえ」としきりに彼を褒めるので、なんだか面白くない気持ちになったのだけは覚えている。

そして、それは学校に行ってからさらなる驚きに上書きされることになった。

「わ！　ほら、イブキくんだよ！」

「あ、ほんとだ～！」

転校から一週間。

クラスの子のこうした反応はすでに幾度となく耳にした。

あの日、わたしの前で名乗った彼はどうやら学校の（特に女子からの）人気者だったらしい。

その理由が、天稟（ルクス）。

男性がそれを授かる確率は、およそ一万人に一人。

そう、女性でそれを授からない確率と同じだった。

——馬鹿にしているのかと思った。

あの人に悪いことなんてない。

そんなことは百も承知だ。

ただもう、うんざりだったのだ。

天稟がどうこうと周りで騒ぎ立てられるのは。

最初に挨拶をしてからは、あの人とは一度も話していない。

積極的に話したいと思ったことも一度もなかった。

もともと家が隣同士というくらいしか接点なんてない関係だ。

その上、学年はわたしが三年生で彼が六年生と離れていた。

三歳差という遠い距離に安堵すらしていたように思う。

だって、話したって惨めになるだけだ。

片や、天稟を持っている男というだけで、人気者の彼。

片や、天稟に恵まれない女というだけで、除け者のわたし。

分かりきっていたことだけど、転校なんてしてもわたしの立場が変わることはない。

転校から一週間も経つ頃には、

「はあ……」

和気藹々としたクラスで独り、陰鬱に自分のロッカーと向かい合う。

いよいよ本格化してきたな、とわたしは他人事のように達観していた。

前の時間は体育の授業。

不用意にも私服を置きっぱなしにしていたのが仇となり、わたしの私服は泥まみれにされていた。

どうせ先生に言っても相手にされないだろう。

この程度なら慣れているし、問題はない。

……ただ、家に帰ってお母さんを泣かせてしまうのだけが憂鬱だった。

けれど、逆らえるだけの力なんて、わたしは〝授かって〟ない。

だから黙ってそれを着て、放課後になれば粛々と下校し——、

「ヒナタちゃん……？」

あの人に、出くわしてしまった。

通学路の途中にある公園の前で、ひょっこり出てきた彼とわたしは鉢合わせした。

「……どうも、お兄さん」

綺麗な服で、整った顔で、明るい性格で、人気者で、天稟(ルクス)があって、——わたしと真逆。

そんな人が目の前にいて、気分は最悪。

自己紹介はされたけど、名前なんて呼んでやるつもりはなかった。

だからあえて「お兄さん」なんて他人行儀な呼び方をした。

今にして思えば、なんともさもしい八つ当たりだろうか。

二年も人に虐(しいた)げられていたわたしは、この頃ずいぶんと捻(ひね)くれていた。

「ど、どうしたの？　転んじゃったの？」

わたしの刺々しい態度に気づいていないのか、彼はこちらの格好だけに注目していた。

あまりにも平和な発想に、鼻で笑ってしまいそうになる。

こんなお花畑みたいな人に本当のことを話して下手な心配や慰めを受けたくない。

そう思ったわたしは、

「そうなんですよ！　ちょっとそこで転んじゃって〜」

にこぉ〜っと笑って、嘘をついた。

明るく振る舞っているうちに、とっとと何処かへ行ってしまえばいい。

そんなわたしを、彼はじっと見つめる。

そのあとで——わたしの手を握った。

「へ……え!?　ちょっと、お、男の子が、そんな……！」

「いいからいいから」

生まれてこの方、父親以外の男性に触れられたことのないわたしは頭の中が真っ白になる。

そんなわたしに構わず、へらへらと笑う彼は公園の中にわたしを引っ張っていった。

そして砂場の前まで来ると、わたしの手を離す。そして、

「おりゃあああ！」

彼は一人、地面の上で転がりまわった。

「は……？」

土の上でじたばたとしたわけだから、それはもうひどい有様だ。

呆然とするわたしに「ほら、家隣なんだし一緒に帰ろ」と言って、彼は再び手を引いた。

なにがしたいのか、したかったのか、さっぱり分からない。

もはや考えるのも馬鹿らしくなったわたしは、彼のなすがまま消極的に引っ張られていく。

はっとした時には家に着いていて、彼は迷わずチャイムを押していた。

「あっ、ちょっ……」

鍵あるのに、とか、まだ言い訳が、とか慌てるわたしをよそにドアが開く。

顔を覗かせたお母さんは、泥だらけのわたしを見て驚いたようだった。

「…………っ」

唇を噛むわたしの横で、彼は、

「ごめんなさい！」

お母さんに向けて、頭を下げた。

「ヒナタちゃんと遊んでて、泥だらけになっちゃいました！」

「——……っ」

わたしは驚いて、ただただ目を瞠る。

——泥で汚れているのは、わたしだけじゃなかった。

わたし同様びっくりしていたお母さんは、すぐに満面の笑みになる。

「あらあら、いいのよ、それくらい。今お風呂沸かしてくるから、すこし待っててね」

お母さんはそう言って上機嫌に彼を招き入れ、

「ほら、行こ、ヒナタちゃん」

その人はまたしても、わたしの手を引いた。

それからは、間違いなくわたしの人生で最も騒がしい日々だった。

「ヒナタちゃん！　放課後だし、公園行かない？」

「…………」

「ヒナタちゃん！　昼休みだね、給食はおいしかった？」

「………まあ」

「ヒナタちゃん！　中休みだよ、遊びに行こう！」

「……はあ」

「ヒナタちゃん！　五分休みだけど、お話しよう！」

「…仕方ないですね」

「ヒナタちゃん、ヒナタちゃん！」

「はいはい、どうしたんですか？」

——間違いなく、一生色褪せない宝物になる日々だった。

毎日毎日、飽きもせずに彼は三つ下の学年の教室にやってきた。

小学生なんて単純なもので、わたしの心はとっくに陥落していた。

途中からは嫌そうなふりをしていただけだ。

最初の頃の嫌悪感なんてどこへやら、毎日学校に通うのが待ち遠しくて楽しみで仕方なくなっていた。

やがて一ヶ月が過ぎ、嫌々なフリすらも取り繕えないようになった頃。

わたしの周りは『トモダチ』でいっぱいになっていた。

小学生なんて単純なもの。

それはわたしだけじゃない。

人気者である彼が毎日毎日わたしのために通い詰めるものだから、周りのみんなはすっかりわたしまで人気者であるかのように扱った。

ひねくれた癖してやっぱり子供だったわたしはすっかり舞い上がっていたように思う。

ある日の帰り道で、彼にこう言ったのだ。

「もう学年で友達じゃない子なんて一人だけです！　その子以外、みーんな友達なんですから！」

「そっか、じゃあ」

そうして返す彼の言葉で、

「――いま『トモダチ』じゃない一人とだけ、本当の『友達』になるといいよ」

「……え？」

固まってしまった。

その内容もそうだし、その声音があまりにも優しく、大人びたものだったから。

「周りの装飾品がどうだなんて気にしない、本当の君だけを見てくれるその子と『友達』になりたくない？」

今にして振り返っても、どう考えても小学六年生の台詞じゃない。

その時のわたしも、その本当の意味までは分からなかった。――けれど。

「…………」

この人は、わたしよりもわたしのためを思ってくれているんだ、と。

それが分かったから、わたしは彼の言葉にゆっくりと頷いた。

◇◇◇◇◇

「——と、ともだちに、なってくれませんか……？」

あの人にトモダチ沢山！　と自慢げにしていたのはなんだったのだろう。

二年間、ろくに友達作りなんてしていなかったわたしは情けなくも及び腰だった。

そんな態度が原因か知らないが、相手の女の子は冷たくわたしを見遣った。

「くだらない」

その子はいつも独りでいる子だった。

でも、わたしと違っていじめられているわけじゃない。

むしろ恐ろしく魅力的な容姿で学校中から一目置かれていた。

独りぼっちなのではなく、一匹狼。

彼女は選んでその立場にいる子だった。

「オトモダチを作って、スタンプラリーでもしてるつもり？」

彼女はわたしの言葉をバッサリと斬り捨てた。

怯（ひる）んで、ごめんなさいと引き下がりそうになる。

でも、あの人と約束したから。

「本当の友達を……っ」

拙(つたな)い言葉に、立ち去ろうとしていた彼女の足が止まる。

「本当の友達を作るといいって、言われたの……」

「……なにそれ。人に言われたの」

恥ずかしくて下を向きそうになる。

でも、わたしにはお兄さんの言葉の意味が分からないから、せめて相手には正直に伝えたかった。

しばしの沈黙の後、

「……いいわ」

何が琴線に触れたのか、彼女は振り向いた。

「なりましょうか、『友達』」

あの時、彼女が何を考えてそう言ったのか、わたしは今でも分からない。

でも、それからずっと、彼女はわたしの親友として傍にいてくれている。

◇◇◇◇◇

約一年の時が流れ、六年生だった彼の卒業が近づいてきた頃。

わたしはずっと気になっていたことを聞いてみることにした。

「お兄さんの天稟(ルクス)って《分離》っていうのなんですよね?」

「そうだよ。正直あんまし使えないけどね……」

「おや。わたしへの嫌味です？」

悪戯めかして問うと、彼は慌てて首を振った。

「いやいやいやいや、全然全くこれっぽっちも！」

「ふふ、冗談ですよ。それでですね、代償はなんなのかなーって……」

あまり褒められたことではないけど、好奇心に負けたわたしは訊いてみることにした。

「んー……ごめん。恥ずかしいから、内緒」

「む。まあ、仕方ないですね」

一年も一緒にいるのに教えてもらえないのは少しだけさみしいと思ったが、無理強いはできない。

気になったという以上の理由もないし、わたしは大人しく身を引いた。

「それじゃあ、代わりに一つ。お兄さん、今年でいなくなっちゃうじゃないですか」

「うん……——やっぱ留年したくなってきたな、三年くらい」

「何言ってるんですか」

嬉しい……じゃなくて。

こほん、と咳払いひとつ。

彼のおかげでいじめはなくなっていたけど、卒業してしまえば少しずつ元に戻っていくだろう。

それでも、わたしの隣に親友がいてくれる限り、わたしは笑って学校生活を送れる。

だからこそ、今の状況を作ってくれたお兄さんに聞いてみたい。

「もしあの時、わたしに本当の『友達』ができなかったとしたら、卒業した後お兄さんはどうしたんですか?」

自惚れじゃないと思う。

この人は、きっとわたしのために何かしてくれる。

……いや、わたしだけじゃないかも。

困っている人なら助けてしまう、しょうがない人なのだ。

卒業した後でもこの人ならなんとかしてくれるんじゃないか、なんて思ってしまう。

そんな無茶苦茶な期待に対する彼の返答は、予想とは異なるものだった。

「ヒナタちゃん、いま九歳だよね」

「? はい」

「来年になったら十歳だね。だから大丈夫!」

「……はい?」

そのあと問い詰めても、お兄さんはそれ以上答えなかった。

そして彼が卒業し、半年近く。

その間、予想に反してわたしの毎日は平穏に過ぎていった。

考えてみれば、卒業したからと言ってわたしとお兄さんの仲が悪くなるわけでもない。

家が隣であることは彼が声を大にして言っていたので、それも大きかったはずだ。

加えて、一日置かれている親友がいたことも関係しているだろう。

なんだか肩透かしをくらった気分になりながら、恩人と親友への感謝を募らせる日々。

信じられないことが起きたのは、そんな年の誕生日だった。

わたしは、十歳にして天稟（ルクス）を授かった。

遅れて天稟（ルクス）を得た例は今なお、わたししか確認されていない。

しばらくはテレビの取材とか研究所のどうたらとかで、ひどく目まぐるしい日々を過ごした。

そんな中でも、わたしの頭の中を占めるのは、あの人のことだった。

知っていたわけがない。

そう分かっているのに、大丈夫と笑う彼の顔が忘れられない。

まるで、そこにいるだけで安心してしまう、ヒーローのように。

七歳のあの日まで、自分を助けてくれた天翼の守護者（エクスシア）に憧れていた。

だけど十歳のわたしには、もう一人の憧れができた。

——あんな風に、誰かを助けたいと思った。

だから、理由はちょっと変わったけれど。

それでもわたしは、再び夢を追いかけ始めた。

以前は安堵の対象だった三歳という年の差は、いつからか天の川のごとく思えるようになっていた。

せめてあと一歳上なら、あと一ヶ月早く生まれてきたなら。

彼と一緒の制服で学校に通えたかもしれないのに。

そんな風にまで思っていながら、わたしの気持ちはあくまで「憧れ」だった。

そう、絶対に「恋」なんかじゃない。

だって、彼には隣に立つ人がいたから。

今のわたしにとっても彼女――クシナちゃんは本当の姉妹のように大切な人だ。

お兄さんとクシナちゃんって、ほら。

この人たちもう付き合ってるでしょ、とか、もう結婚すればいいのに、みたいなこと平然とやるし。

そもそも、なんか知らないけど、ほぼ同棲してるし。

……わたしの感覚がおかしいんじゃないよね？

ともあれ、憧れの人と大切な姉がこのまま幸せになればいいなー、なんて。

最近のわたしは二人の後ろで腕を組んでうんうん頷いている。気持ち的に。

――だから、クシナちゃん譲りのこのお洒落に深い意味なんてない。

あんなに浮き立っていた心だって、ショッピングなんだから普通でしょ？

それを台無しにされて……。

「別に、怒っていませんけど」

わたしは、天秤と翼が象られた腕章を腕につける。

それは、非番の隊員が有事の際に、隊服なしに天稟（ルクス）を行使するための証でもあった。

裏表、向きまで確認してから、ゆっくりと顔を上げる。

「人の楽しみを壊した責任、取ってもらいますよ」

第四幕　フィーブル・ボーイ・スタンブル

開幕直後の戦況は、ヒナタたちの優勢だった。

二人の天使と、〈剛鬼〉率いる十数人の構成員。

前者には言わずもがな数的不利があり、ゆえに後者は力押しでの排除を試みる。

構成員たちは一斉に天稟(ルクス)を行使し――。

まず、最前列にいた構成員二人の鳩尾(みぞおち)を、加速した武闘派天使の掌底が穿った。

人体の急所を突かれ、彼らはあっけなく意識を失う。

相方に少し遅れて、浮遊するテーブルや椅子が構成員たちに殺到。

当たりどころが悪かった一人が気を失い、幾人かが小さくない負傷をした。

数的不利を跳ね除け、天使たちは構成員を押していく。

「チッ」

それを見て取った〈剛鬼〉の判断は早かった。

「どこの羽虫女かと思いきや、噂の新星サマじゃねえかよ。しかも二匹。――オマエら！　的は周りにもあんだろ。そっちを狙え！」

早々に力押しでの少女たちの排除に見切りをつけ、部下たちに『的』――未だ避難の進まぬ、周囲の一般客を狙わせる。

それだけ指示をすると〈剛鬼〉本人は動くことなく、腕を組んだまま瞑目した。

出入り口のある一階が戦場となった今、一般客が向かうは隣のB棟。

そちらの一階から外に出るのが最も安全なルートだ。

けれど、A棟とB棟をつなぐ渡り廊下は落花生で言えばくびれの部分。

その狭さゆえに避難は遅々として進んでいないのが現状だった。

そんな中で無防備な客たちを狙えばどうなるか。

答えは決まっている。

「くっ！」

天使は、人々を守る。

ヒナタは一階の避難客を守るために、ルイは二、三階の客に向けられた攻撃を防ぐために。

相棒同士、二人は阿吽（あうん）の呼吸でそれぞれの敵を相手取る。

負担が大きいのはルイの方だ。

敵の飛び道具は主導権を奪って叩き返す。

炎や水はかき集めたガラクタで防ぐ。

吹き抜けを飛び回り、ひたすら猛攻を凌いで一般人を守り抜いていく。

対する一階ホールでは、市民に襲いかかる構成員をヒナタが押さえ込んでいた。

手数で勝る敵に、圧倒的な速度でもって対抗する。

戦況は拮抗状態へともつれ込んでいた。

——それでもなお、押しているのは天使たちだった。

弛まぬ訓練を経た選りすぐりの天使たちと、ただ天稟を授かっただけの有象無象とでは地力が違う。

カバー範囲の広さから護りに徹するルイに対して、地上を駆けるヒナタは徐々に敵を排除していく。

そうして戦闘開始から数分足らずで構成員の約半数が制圧された。

残るは、ルイを攻撃している構成員のみ。

すぐさまヒナタが援護に入ろうとしたところで、

「さァて、オレもそろそろ動くかァ」

動きを見せたのは、これまで戦況を静観していた〈剛鬼〉だった。

「最近はオマエらんとこの銀色女に追いかけ回されてなァ。思う存分に暴れられてねェんだよ。ちょっと遊ばせろや」

「……遊び、ですか」

警戒度と優先順位が一変する。

この場で最も警戒すべき相手として、ヒナタは〈剛鬼〉に対峙した。

ルイは相変わらず、残る構成員の攻撃から人々を守るので手一杯。

守り抜いてはいるものの、地上の戦闘に介入するほどの余裕はない。

しかし反対に、〈剛鬼〉を除く構成員はルイを攻めることだけに意識を割かざるを得ない状況とも言える。

今までのような多対一ではなく、ヒナタと〈剛鬼〉の一対一の状況が出来上がっていた。

「せあ――っ！」

初手は、スピードで勝るヒナタ。

これまでと同じように鳩尾への強打によってその巨漢を沈めようとする。

「――――」

しかし――その一撃は止められた。

手で受け止められたわけではない。

それどころか〈剛鬼〉は動いてすらいなかった。

鳩尾へと正確に吸い込まれた拳は、狙い通りに当たっていた。

けれど、

「くう……っ」

いつもの鉄籠手（ガントレット）はない。

鉄の塊を殴ったような衝撃がヒナタの手に直に伝わる。

「ずいぶんと軟弱だなァ、羽虫」

攻撃を受けたはずの〈剛鬼〉はそれを一笑した。

そして、腕を振り上げる。

「じゃあ、次はこっちの番だぜ」

「………っ！」

巨漢の大振りの攻撃は空振りに終わる。

なんなく回避したヒナタだったが、心を蝕むのは焦燥だった。

（攻撃が、効かない……っ）

おそらくは敵の天稟。

この大男に対して、ヒナタの拳撃は有効打たり得ない。

「外れちまったなァ。残念残念」

微塵も残念そうではない〈剛鬼〉の台詞も焦りを後押しする。

それを振り払うように、ヒナタは地を蹴った。

スピードは〈剛鬼〉を軽く凌駕しているのだ。

あとはどうにかして攻撃を通すだけ。

だというのに――、

「……くっ」

四肢などの末端、首をはじめとした急所。

死角から不意をついて、それらを狙おうとも、ヒナタの攻撃は全くもって〈剛鬼〉に意味をなさない。

まるで鋼鉄を殴っているようだった。

ただ体力だけを浪費する。

そんな少女を悪鬼が嘲笑う。

「おいおいィ、こっちは動いてもいないんだぜ?」

「……っ、ならっ！」

再度ヒナタが攻撃を仕掛け、狙うのは敵の目。

情け容赦などしている余裕はなかった。

絶対に攻撃が通る弱点を狙って殴りかかり、

「――――あ」

あっさりと。その拳が掴み取られた。

「来ると分かってりゃ、遅くとも掴めるってなァ！」

「が、は……っ」

言い終わるや否や、ヒナタの拳を掴んだ腕が振り下ろされる。

逃れることもできず、少女は地面に叩きつけられた。

小柄な身体が、強烈な叩きつけを受けて地を弾む。

「ヒナっ!! ――チッ、邪魔ッ!!」

悲鳴をあげたルイが救援に向かおうとするも、構成員たちの攻撃がそれを許さない。

「だい、じょうぶ……」

ヒナタは平衡感覚を損ねながらも、よたよたと立ち上がる。

たったの一撃だったが、鬼のような怪力は少女の身体に大きなダメージを与えた。

けれど分かったこともある。

強靭な耐久力、予測したとはいえヒナタの一撃を受け止められる速さ、そして破壊的なまでの剛力。

「あなたの天稟（ルクス）、《身体強化》の類、ですね……。それも、とびきりの……」

「ハハァ、正解だ」

種明かしをして、上機嫌に笑う〈剛鬼〉。

その笑みは雄弁に語っていた。

ソレが分かったとしてオマエに一体何ができる、と。

——俺に一体、何ができる。

ヒナタちゃんには「逃げてくれ」と言われた。

それでも俺は避難客の波には乗らず、戦場から少し離れた店に身を隠していた。

「逃げなかった」なんて立派なものではない。「逃げることすらできなかった」のだ。

あの場に残れば俺の顔を知っている〈剛鬼〉に見られ、最悪ヒナタちゃんにも知られてしまう。

かと言って、自分の妹にも等しい少女を目の前で見捨てて逃げる勇気もない。

だから、逃げてもいないギリギリの距離で隠れているだけの卑怯者。

それが今の俺だ。

本当なら颯爽と助けに行ければそれが一番いい。

それができるような力があればよかったのに。

俺が持つ天稟(ルクス)なんて、あそこで倒れている構成員と大差のないものだ。

ヒナタちゃんでさえ〈剛鬼〉の一撃を受けてかなりのダメージを負っている。

先程までの軽快な動きは見る影もなく、次の攻防で彼女は倒れてしまうに違いない。

そうなれば相棒という片翼をもがれたルイも地に墜ちることになるだろう。

相手はそれほどに凶暴かつ凶悪な強者である。

なにせアレは本来、もう少し先で戦うはずの手合い。

今よりも強くなったヒナタちゃんとルイが挑む相手なのだ。

今の二人では力及ばず——当然、俺など比べるべくもない。

「なにか……なにか……っ」

このままノコノコ出ていっても、クシナやヒナタちゃんの迷惑になって終わるだけなのは目に見えていた。

それこそ、クシナなら……。

ダメだ。

助けてくれと伝えることができれば、あの子は絶対に来てくれる。

けどその対価は、とんでもない量の寿命だ。

それだけは絶対にできない。

「……くそっ」

毒づいて、拳を握る。

こんな状況でも人頼みしかできないのか。

そうして手先が冷たくなっていく中で。

ふと、自分という人間の使い道に思い至った。

「…………ああ」

おもむろに、首から下げていた懐中時計を取り出す。

竜頭(リューズ)をひねると、空間から滲み出るように黒いローブが現れ、俺の身を包んだ。

——いまの立場を放り出す覚悟があれば、時間稼ぎぐらいはできるかもな。

◇◇◇◇◇

焦りばかりが雨剣ルイの心を占めていた。

地上のヒナタを今すぐにでも助けに行きたい。

けど、人々を見捨てればヒナタが悲しむ。

ルイはただ、それだけの理由で被害を食い止めるため砕身していた。

——その背後、すなわち死角にて。

派手な炎の渦に隠れるように、一本のナイフがルイに迫っていた。

それが致命的な距離になって初めて、

「——」

ゆっくりと。

スローモーションに進む世界で。

ルイは背後の凶器に気づいた。

あと一秒もなく自身に突き刺さるであろう、ナイフに。

だが既に、天稟（ルクス）は幾重にも発動している。

その状態での瞬間的な発動は彼女でも難しい。

避けることは、不可能。

自身の未来を予期したルイの瞳にごく僅かな、けれど確かな恐怖の色が浮かんだ。

短刀が彼女の背に当たる、その瞬間。

――ナイフが、がくんと落下する。

自らを殺しうる凶器。それがまるで割れ物をつつくかのように弱々しく触れただけだったことに、彼女は驚く。

困惑は一瞬。

つい最近、ルイはこれと似た現象を目にしている。

「…………っ！」

彼女は素早く辺りに目を走らせ――その人影を見つけた。

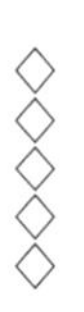

彼岸花の紋様があしらわれた黒のローブ。

そのフードを目深に被り、俺は激戦下のホールへと歩みを進める。

静かに近づく俺に、その場の幾人かが気づき始めた。

彼ら、そして彼女らの全員が、こちらに目を留める。

それはそうだ。

なにせ、あの〈刹那（セツナ）〉と同じローブなのだから。

そんな中で、警戒を緩める大男と、敵愾心（てきがいしん）を剥き出しにする少女がいた。

〈剛鬼〉とルイである。

どちらも〈乖離〉の正体が俺だと知っているため、認識阻害が働いていないのだ。

「なんの用だァ、〈乖離〉？」

沈黙を破ったのは大男の方。

彼の口から出た名前にヒナタちゃんの身体が強張ったのがわかった。

「ここには」

そっと、返答を口にする。

――……はやく。

「ここには、〈刹那（セツナ）〉はいない。来ることもない」

「あァ……？」

要領を得ない言葉に、怪訝な表情を浮かべる〈剛鬼〉。

彼だけではなく、他の構成員や二人の天使も俺を注視していた。

――……はやくっ。

「たまたま俺一人、近くにいてね。今なら彼女に知られず会話ができる」

「そうかよ。なら、さっさと用件を言え。見てわかンだろ、お楽しみ中なんだよ」

誰もが互いを警戒しあっていた。

ここで会話が終われば、すぐにでも乱闘が再開されるだろう、絶妙な均衡。

「それじゃあ、単刀直入に。……この間の返事をしに来たんだ」

「この間ァ？」

〈剛鬼〉は、その太い首を捻る。

――はやく……！

「あァ、勧誘か」

「そう、君が言ったんだろう？『〈刹那〉じゃなくて、俺の下につけ』ってさ」

「「――――っ！」」

幹部に関係する情報に反応を示したのは天翼の守護者の二人だ。

滅多に知られることのない、敵上層部の動向に驚いている。

――はやく……っ!!

「わざわざ〈刹那〉を撒いて、こんなトコまで来たってこたァ……」

〈剛鬼〉はにやりと口角を吊り上げる。

自身の派閥が拡大する予感に酔うその笑みに、俺は友好的な笑顔を向けた。
「ああ。俺は……」
本当は嘘でもクシナを裏切るような真似はしたくない。
けれど、この一瞬すらも時間稼ぎに使えるならば。
「俺は……〈剛鬼〉の部下に――」
――それは、一切の音無く。
嗤う〈剛鬼〉の台詞を遮って、視界の端を閃いた。
一条の、銀色の流星――否、それは〝矢〟だった。
鏃から羽根に至るまで、鏡面のような銀一色。
周囲の景色が映り込む、不可視の矢。
ゆったりと流れる視界だからこそ、ぎりぎり捉えられる代物だ。
まるで豆腐に釘を打ち込むように。
それはするりと〈剛鬼〉の足元に突き刺さった。
「…………っ⁉」
そこで漸く、〈剛鬼〉がそれに気づいた。
俺と〈剛鬼〉は同時に矢が飛んできた方向を振り返る。
けれど、そこには誰もいない。
あるのはただ、壁一面のガラス窓のみ。

——否。

ガラスの向こう側に聳えるビル群の、さらに奥。

そこに、一際大きな建物がある。

白亜の城の如き威容(いよう)を誇るそれは——【循守の白天秤(プリム・リーブラ)】第十支部。

ゆうに数キロは離れている。

それでも確信できた。

この矢はあの場所から放たれたのだ、と。

〈剛鬼〉の判断は早かった。

「オマエら、撤退だ！　地面にノビてるヤツらを抱えろ！」

言うや否や、両腕で地面を殴りつける。

地面が爆発し、一瞬で辺りを粉塵が覆った。

おそらく〈剛鬼〉は地下から逃げおおすつもりなのだろう。

確かに、今ならそれは可能だ。

あの男は大雑把に見えて、繊細な戦術眼を持っている。

それさえも視野に入っていたのだから、当然。

——この賭けは、俺の勝ちだ……っ。

稼ぐ時間は少しでよかった。

本来ならヒナタちゃんたちが倒されてしまうであろう、その間だけでいい。

それだけで、こうなると分かっていた。

『最近はオマエらんとこの銀色女に追いかけ回されてなァ。思う存分に暴れられてねェんだよ』

〈剛鬼〉自身がそう言ったのだ。

銀色女、それこそは——夜乙女(やおとめ)リンネ。

第十支部最強の天翼の守護者(エクスシア)である。

彼女が〈剛鬼〉を追っているのなら、必ずやこの事態を捕捉してくれる。

いくら〈剛鬼〉でも彼女を敵に回せば分が悪い。

撤退せざるを得なくなるのである。

「…………っ」

俺は踵を返すと、粉塵に紛れて黒ローブを収納。

そのまま近くの店へと滑り込んだ。

ドサッと壁にもたれかかると、

「——っはあああああ……!!　緊張したあああ!!」

俺は今までの息苦しさを振り払うように、大きく息を吐き出した。


——海抜約二五〇〇メートル、【循守の白天秤(プリム・リーブラ)】第十支部・屋上。

少女とも女性ともつかぬ年頃の女が風に吹かれていた。

銀髪が、さらさらと優美に靡(なび)く。

白亜の城の上にいて、彼女が纏うは漆黒の軍服。

あちこちにゴシックロリィタ風の装飾が散りばめられている。

その手には、小柄な体躯（たいく）に見合わぬ長弓が下げられていた。

「あの彼岸花のローブ、報告にあった〈刹那（セツナ）〉の部下か」

独りごちるその声は、中性的な美貌の彼女にそぐう音色を奏でる。

思い返すのは〈刹那（セツナ）〉の部下、〈乖離〉の行動。

「射線を遮らず、さりとて〈剛鬼〉には外からの射撃を気取られない好位置に立った。……偶然？　いや、迷わず、あそこに立った。——まるで、ボクがそこを狙うと分かっていたかのように」

まさかね、と微苦笑を溢しつつ、自分の妄想を一蹴する。

「だって、それじゃあボクらの、天秤（リーブラ）の味方みたいじゃないか」


——この日、二人の新人天翼の守護者（エクスシア）が【救世の契り（ネガ・メサイア）】有力構成員〈剛鬼〉及び麾（き）下十数名と交戦した。

少女たちは辛くも敵の攻勢を凌ぎ切り、民間人の被害者をゼロに抑える。

この件は【循守の白天秤（プリム・リーブラ）】の評価を大きく上げ、またそれを成した二人の名声をより高みへと押し上げた。

これよりしばらく、世論は彼女たちに沸くこととなる。

——本人たちの、忸怩（じくじ）たる想いを置いて。

「と、いうのが本日のあらましです」

正座をさせられながら。

台所に立つエプロン姿のクシナに向けて、今日あったことを伝える。

当然、クシナを裏切って〈剛鬼〉の下に付こうとしたこともだ。

トントン、とまな板を包丁が叩く音が続いた。

「ふぅん」

寄越されるのはぞんざいな返事のみ。

帰ってきて早々（代償で）思いきり抱きしめたから、ちょっと機嫌が悪いように見える。

「いいんじゃない？　ヒナタたちを助けるためにやったんでしょ。あたしも〈剛鬼〉のやり方は好きじゃないし」

クシナは肩越しにちらっと俺を見て、また料理に戻った。

「雨剣ルイに関しては……ま、いざとなったら、あたしも手伝うから」

「ありがとう」

「別に」

言葉少なに答えながらも、料理の手は止めない。

こういう時のクシナは大抵、何か大事なことを考えている。

どうやら怒っているわけではないようだ。

てっきり、ルイとの綱渡りじみた関係を咎(とが)められるかと思ったのだが……。

「…………」

動いていい雰囲気でもないので正座のままじっとしていると、嫌でも考えさせられる。

――俺は、本当の指宿イブキじゃない。

言わばこの世界の――『わたゆめ』という舞台の、外の人間だ。

所詮、俺は舞台上の輝かしいキャラクターたちを眺めているだけの、一観客(オタク)に過ぎない。

その俺が、傍陽ヒナタという少女の物語を変えてしまっていた。

ルイの件しかり、今回の件しかり。

原作とは大きく異なる出来事が起きた。

ルイの件は、俺が恨まれてるだけだし、別にいい。

けれど、今回の〈剛鬼〉襲撃に関してはダメだ。

あやうく人が死ぬ所で、ヒナタちゃんには怪我まで負わせてしまった。

今回の襲撃に俺が関係しているのかは分からない。

でも、全くの他人事とも思えない。

なにせ原作では――俺がいない世界では、起こらなかった事件なのだから。

この道を選んだとき、たかが俺一人の行動が変わっただけでこうも物語が変わるとは考えもしなかった。

今となってみれば、なんという浅はかさ。

だから、今度こそ慎重に考えなければならない。

——ただの一観客でしかない俺が、このままヒナタちゃんに関わっていていいのかを。

「ねえ、イブキ」

まるで狙い澄ましたかのように。

まな板を叩く音が止まり、優しくも厳しくもない声音が俺を呼ぶ。

「貴方も、たまには鏡くらい見てみるといいわ」

それだけを言い残して、料理の音が再開した。

「はあ……。なに、どういう——」

かけられた言葉の意味を問いただすより前に、

——ピンポーン。

と、ドアチャイムの音が鳴り響く。

「ごめん、イブキ。いま手が離せないから出てもらえる？」

「はいよ」

そうして扉を開けた先にいたのは——顔を曇らせたヒナタちゃんだった。

「ヒナタちゃん⁉　怪我は大丈夫⁉　もう仕事の方はいいの？」

「は、はい。すぐに治療してもらったので、怪我は大丈夫です。……えへへ、ありがとうございます」

俺の勢いに驚いていたヒナタちゃんは、そう言って照れくさそうに笑った。

「それと、仕事はもう引き継いできましたよ。……それより」

彼女はそこで一度言葉を切る。

曇ったままの表情に、良くない考えが頭を過ぎる。

……まさか〈乖離〉が俺だってバレていないよな。

なにもヘマしてないし……でもあの後、やっぱりルイが教えた可能性も……。

けれど、続くヒナタちゃんの言葉は、

「今日は、申し訳ありませんでした。せっかくの一日だったのに……」

「い――いやいやいや」

予想外の台詞に、俺は慌てて否定する。

「ヒナタちゃんのせいじゃないでしょ？」

というか、だいたい俺のせいです。

「いえ……本当はお兄さんだけじゃありません。天秤(リーブラ)の一員として、無関係の人々を巻き込んでしまっている時点で、ダメなんです」

「いや、だって――」

「でも――」

「とりあえず上がっていったら？　ヒナタ」

二人でワタワタしていると、背後から声が投げかけられた。クシナだ。

彼女の言葉で、玄関先で客人に対応している現状に思い至る。

「あ、ああ。そうだよヒナタちゃん。久しぶりに上がっていきなよ」

「夕飯もどう？　おばさんにはあたしから言っておくけど」

「え？　えーっと……そう、ですね。久しぶりに、一緒に食べたいです。お母さんにはわたしから言いますよ」

「そう。じゃ、いらっしゃい、ヒナタ」

あれよあれよという間に、ヒナタちゃんがうちで夕食をとる流れになる。

……おかしい、ここは俺の家のはずでは……？

いや、いいんだけどね？

推しとご飯とかいう、オタクにとってはご飯より美味しい状況だし？

「すごく、久しぶりです……」

ヒナタちゃんが変わった物のない玄関を物珍しそうに見回す。

「それに、匂いもあの頃と同じ」

「ああ。人の家の匂いってなんか覚えてたりするよね。昔のこととかも思い出すし」

「プルースト効果ね。香りによって記憶が呼び起こされる現象。嗅覚って人の記憶と直結してるのよ」

「相変わらずクシナちゃんは博識です」

「言うほどじゃないでしょ」

「言うほどだろ」

「……褒めたって夕食くらいしか出ないわよ」

「二人も相変わらずですね」

どこか影を残しながらも、朗らかに笑うヒナタちゃん。

その笑顔に、小さい頃のことを思い出す。

たった一年くらいだけど、こうして話した記憶は鮮明に、数えきれないほど残っていた。

「おじゃまします」

「いらっしゃい」

ヒナタちゃんは推しだけど、それだけじゃない。

クシナが幼馴染なら、彼女だって幼馴染だ。

——だからこそ、どうすれば良いのか分からないのかもしれない。

夕食を一緒に取るうちに、ヒナタちゃんはいつもの元気を——表面上は——取り戻しつつあった。

問題は、夕食後の歓談中に発生した。

「その『百年祭（サタナリア）』って、いつやるの？」

先ほどから食卓を飛び交う「百年祭」という単語についての疑問だ。

それほど非常識な質問ではないはずだが、

いやぁ、間抜けな質問だったらしい。


「はあ？」

「ええ？」

彼女達からすれば、あり得ないものを見るような目を向けるほどに間抜けな質問だったらしい。

推しの怪訝そうな目つき助かる……。

そのジト目は俺から、横に座るクシナへと滑ってしまう。

残念……。

「……クシナちゃん」

「うっ」

「クシナちゃんが甘やかして、なんでも面倒見ちゃうからこうなるんですよ！」

「いや、あたしだってここまでとは……」

クシナが申し訳なさそうに縮こまる。

「今日も待ち合わせに、マスク一つせずに来たんですから」

「ご、ごめんなさい。ちゃんと躾けるから……」

「ペットかなんかの話してる？」

「「あなたの話よ（ですよ）」」

「にゃんだとぅ……」

解せぬ……。

ヒナタちゃんはひとしきり俺とクシナに口酸っぱく言った。

その後で、しょうがないですね、と言ってどこからともなく取り出した眼鏡をかけた。

「まず、百年と聞いて思い出すものはなんですか？」

「いや百年祭が何かは知って――」

「静かに、ですよ！」

「……はい」

どうやらヒナタちゃんは先生モードになってしまったらしい……。

かわいいからいいや（脳死）。

「改めて。百年、と聞いて思い出すものはなんですか？」

「天稟（ルクス）が確認されてから現在までの期間です」

「そう。百年祭とは要するに『人類天稟覚醒百周年記念祭』というわけです」

「ながい……」

「むっ」

「ごめんにゃさい……」

「よろしいです。それで、天稟（ルクス）が初めて確認された日はいつでしたっけ？」

なんか最近聞いたなぁ、と記憶を洗う。

「えーと、四月の後半、来週くらいって聞いたような」

「そう、来週ですよ」

「そっか、来週か――来週祭りやるの!?」

「本当に知らなかったんですね……」

「うん……」

推しからの視線が痛い……。

しかし、なるほど。

どうりで最近、街灯に『一〇〇』って書かれた旗が引っ付いていたわけだ。

八十周年の時もやったのかもしれないが、その頃はまだ生まれてない。

九十周年の時は〝あの大事件〟があったばかりで、祭りなんてムードじゃなかったからな……。

などと納得していると、ほら、これです、と言ってヒナタちゃんが見せてきたのは、スマホの画面。

多分ホームページか何かを見せてくれたのだろうが、俺は、

「――うわあぁ⁉　目が潰れるぅ⁉」

「潰れませんよ⁉」

ヒナタちゃんが呆れたように言う。

「お兄さんのスマホ嫌い、まだ続いてたんですね……」

「この歳でテレビもロクに見られないのよ」

「うわあ……」

呆れが〝引き〟に変わっている気がする。

……でも、その顔もかわいい。

「…………。それで、その祭りの規模は？」

「一週間にわたって都全域で、としか言いようがありませんね」

「長いし広いなあ。でも、そうなると……」

脳裏に浮かぶは、今日の出来事。

こちらの憂慮（ゆうりょ）は伝わったらしい。

ヒナタちゃんは神妙に頷いた。

「そうですね。この国全ての支部がフル稼働で厳戒態勢を敷くことになります」

「――でも、休みがないわけじゃないんでしょう？」

すっ、とクシナの声が割り込む。

「え？　はい、そうですね。百年祭を楽しみたい隊員も多いですし、さすがに何日かは暇をもらえるはずですよ」

「そう。なら――二人で行ってくればいいじゃない。今日のリベンジ」

そう言われて、ヒナタちゃんはきょとんとした顔をする（かわいい）。

俺も似たような顔をしていることだろう（かわいくない）。

「なに鳩が豆鉄砲食らったような顔してるのよ、二人して」

「え、いや、でも……」

困ったように俺とクシナを見比べるヒナタちゃん。

俺も今までなら諸手（もろて）をあげて喜んでいるところだが、ヒナタちゃんと関わり続けることに迷いを抱いている今の俺には悩ましい。

　そんな俺を見かねたように、クシナが俺にしか聞こえない程度の声量で囁く。

『貴方はヒナタを放っておいて平気なわけ？』

「――――」

　その言葉で、はっとする。

　うちに来てから明るく振る舞っているヒナタちゃんだが、ふとした折に垣間見せる暗い表情には俺もクシナも気付いていた。

　その影の原因が今日の事件であるのは想像にかたくない。

　その上で、クシナは俺に問いかけているのだ。

　――お前は落ち込んでいる妹分を放っておくのか、と。

　まして、その悩みの大元はお前であるかもしれないのに。

　……クシナの言うとおりだ。自分のことばかり考えている場合じゃない。

　決意とともに笑顔で言う。

「ヒナタちゃん、一緒に行こうか」

「ええっ⁉　く、クシナちゃんは行かないんですか……？」

「んー、あたしはそこらへん、ちょっと忙しくて」

「そう、ですか」

　それは残念なお知らせだ。

本当ならヒナタちゃんと一緒になってクシナに理由を問いただしたいところだが、それが【救世の契り】関連であったら下手につつくわけにもいかない。

大人しく口を閉じておく。

が、大人しくしていられたのはそこまでだった。

「それじゃあ、二人で……いえ」

ヒナタちゃんは複雑そうな表情をして、窺うような上目遣いでこちらを見た。

「今日のリベンジということですし、またルイちゃんも誘って――」

「いや」

俺は反射的に口走っていた。

「ヒナタちゃんと、二人きりがいい」

「ふぇっ!?」

「二人きりで祭りを回りたいんだっ！」

「ふえぇっ！？！？」

だって――あの平然と人を殺そうとしてくるルイと一緒は流石に無理！

推しだけど！

命に関わるので無理です！

今度顔を合わせたらどんな目に合うか、想像するだに恐ろしい……。

「で、でもぉ……」

親友を除け者にするのは気がひけるのだろう。

友達想いの少女は頷きづらそうにしている。

俺は半ば必死になって身を乗り出し、

「ヒナタちゃん」

「ひゃ、はいぃ……！」

彼女の手を取った。

そして真摯な目で訴える。

「俺たちは長い付き合いだけど、離れていた時間も長かった。だからこそ、君と過ごせなかった時間を取り戻したいんだ」

「あ、ぅ……はいぃ……」

こくん、と赤らんだ顔で頷くヒナタちゃん。

——よしっ、これで死なずに済む！

思わず、満足げな笑顔が浮かんでしまう。

そんな俺の横で、

「コレ、どう収拾をつけるつもりなのかしら……？」

なぜか眉間に手をやったクシナが、ぼそりと呟いた。

第五幕　OMATSURI

指宿イブキの朝は早い……こともない。

至って普通の七時起きだ。

中高生や社会人の起床時間としてはスタンダード。

ただ、大学生の朝としては規則正しい方だろう。

特に今日は祭日で、そんな日にまできっちり七時に起きる学生も珍しい。

そんな規則正しい生活を送れている理由は――、

「ほら、起きよ？　イブキ」

穏やかな声音が耳に届き、布団に潜っている体がゆるゆると揺すられる。

「ぅうん……」

「もう」

窓から差し込む陽光を遮ろうと目元に腕を乗せると、滑らかな手に掴まれ優しく剥ぎとられる。

しぶしぶ薄目を開けると、繋がれた手の向こう側。

「おはよ、イブキ」

ベットの横に座り、縁に肘をついて微笑する幼馴染がいた。

「ん……おはよー、クシナ……」

寝ぼけ眼でへら～っと笑うイブキ。

それを見たクシナは、するりと手を解いて立ち上がった。

「それじゃ、お味噌を溶いてくるから。顔洗ってきなさい」

「はーい……」

床板の軋(きし)みが遠ざかっていくのを聞きながら、

「起きるかぁ……」

イブキはもそもそと身体を起こした。

少しだけ開けられた窓から風が吹き込んでくる。

「んー、良い風」

空は快晴。

――今日は百年祭の最終日、イブキがヒナタと出かける日だ。

パレードの管楽器が華々しく鳴り響く。
あちらこちらに垂れ幕が掛けられ、立ち並ぶビル群を彩っていた。
通りには屋台や露店が所狭しと並び、書き入れ時とばかりに奮っている。
街はかつて類を見ないほど賑わい、笑顔の人々が右へ左へと祭りの街並みを謳歌(おうか)する。

この世の春、そんな言葉が過分なく当てはまるような光景が桜邑の街を覆い尽くしていた。

「そんな中、職務に追われる可哀想な私」

壁一面の窓ガラスの前で、メイド長——もとい副支部長・信藤イサナはため息をついた。

その声音にはそこはかとない物悲しさが滲んでいる。

——【循守の白天秤(プリム・リーブラ)】第十支部三十五階、大会議室。

日本の副都心、桜邑を一望できるその部屋は、滅多に使われることがない。

しかし現在、そこは後方支援を務める隊員達でひしめき合っていた。

「まあまあ、やってやりますよ。なにせ私は空気が読めるメイド。この祭事の中、一切の休みなく——」

「副支部長！　黄昏(たそがれ)てないで働いてください！」

「空気読めよコラ」

たった今、書類の山を処理し終わったばかりだというのに。

大量の追加報告書を抱えた部下が、臨時の副支部長デスクにやってくる。

「空気読んで(そんなもの)る暇があったら働きますね」

「ちっ、社畜どもが。いーもんねー。忌々しい祭りも今日で五日目、宴で言えばたけなわって頃合いです。これさえ乗り越えれば——」

「副支部長！」

「やってやろうじゃねーかよ、このやろう！」

けっ、と悪態をつきながら書類を処理していくイサナ。

そのスピードは尋常でなく、彼女以外に副支部長という多忙極まるポストが務まらないことを如実に表していた。

「くっそー、支部長はこんな時にいないしよぉー。……まあ、いたらいたで仕事増えるに決まってるけど」

グチグチ言う彼女の前に、人影が立った。

またか、と疎ましさを隠すことなくため息をつく。

「ったく、次から次へとなんだよぅ。こちとら貴女がさっき持ってきた書類に忙殺されて――」

「――副支部長」

予想とは異なる怖気を感じさせる声音に、イサナは動きを止めた。

ぎこちなく顔を上げれば、未だかつて類を見ないほどに冷たいオーラを発する少女が独り。

――大丈夫、大丈夫。私は空気が読めるメイド。

「あ、あはは。非番の日だってのに独りでどうしたの――雨剣ちゃん」

その瞬間、少女――雨剣ルイの背後に立っていた部下が「この人はなんて空気が読めないんだろう」という顔をした。

が、それに気付くよりも早くイサナは失言を悟る。

「『非番の日に』？　『独りで』？　そう。非番なのに。バディと二人一緒に非番のはずなのにっ！　ヒナがっ、ヒナがいないの。ふふ、ふふふふふふふ」

「……私は空気が読めないメイド」

「副支部長」

「はい」

急に正気を取り戻した声音で話しかけられて、イサナの背筋が伸びる。

こわい。

「ヒナの行き先、知らない？」

「さ、さすがに休暇中の隊員のまでは……」

「そう……」

恐る恐る否定すれば、彼女はしょげかえった。

さっきまでの自分と重なるその様子に、ちょっと可哀想かも、と思ったイサナは当たり障りない助言を考える。

「まあ、でも祭りに行ってるんじゃないの？　百年祭だし」

「は？　祭りに？　ヒナが？　独りで？」

「いやごめんなさい私の勘違いかも多分そう」

眼前から向けられる圧に副支部長は一瞬で屈した。

しかしルイの様子は尋常じゃないまま。

「そういえば、ワタシの誘いを断る時のヒナ、いつもより視線が○・七度外側に向いていた。たまたまかもしれないと思っていたけど、今日に限って？　もし仮に後ろめたいことがあったからだとすれば……。でもヒナは一人で祭りになんていくタイプじゃないし……いえ、そうよ、一人じゃないとすれば、二人？　二人――まさか、まさかまさかまさかまさかまさか」

「ひえっ……」

イサナは結構怯えた。

「ありがとう――イサナさん」

「あ、うん……」

初めて名前を呼ばれたナー、なんて現実逃避している間に、ひどく美しい微笑みを残して少女は去っていった。

……まあ、どこの誰だかは知らないが、

「終わったな、傍陽ちゃんの連れ」

◇◇◇◇◇

「――っくしゅん」

「？　どうしたんですか、お兄さん」

「い、いや、なんか寒気が……」

今は春なんだけどなあ、と周りを見渡す。

以前にも語ったが、桜邑という都市は駅を中心にしていくつかの目抜き通りが伸びている。

この目抜き通りは合計で五本あり、その形は巨大な桜を意識して造られたという話だ。

この一週間、その五本の通りには数え切れぬほど出店が並び、まさしく花弁が開くようだった。

人通りも多いなんてものじゃなく、オリンピックも斯くやという賑わい具合を見せている。

その人混みを掻き分けて、俺たちは進む。

「ろくに予定も決めずに来たから不安だったけど、賑わいすぎてて全然退屈しないね」

「ですねぇ……」

「それと、言い損ねていたんだけど」

「？」

ヒナタちゃんが首を傾げる。かわいい。

「そのブローチ、可愛いね」

「あっ、これですか？」

彼女が手をやったのは、ブラウスの胸元。

そこには深い桃色のブローチが付けられていた。

——それは、俺にも馴染みある小物(アイテム)だ。

「これ、可愛いですよねっ」

「うん。よく似合ってる」

「えへへ、ありがとうございます」

ヒナタちゃんは、くすぐったそうに笑って視線を揺らす。

その瞳がある一点でぴたりと止まった。

見れば、その先にはアイスクリーム屋さん。

「ヒナタちゃん、アイス食べない？　暑くなってきちゃった」

「――――！」

ヒナタちゃんはぴくっとして目だけでこちらを見上げた。

「……お兄さん、さっき寒気がとか言ってませんでした？」

「春の陽気ですっかりポカポカだな～」

「ふぅーん、じゃあアレです。お兄さんが食べたいそうなので、アイスを食べましょう」

口調に反して、お腹の前で組み合わせられた両手の人差し指はトントンと忙しなく動いている。

昔から変わらない、ヒナタちゃんが照れ隠しする時の仕草。

「なら、そういうことで」

触れるのも野暮なので、俺は黙ってヒナタちゃんを先導した。


「――ん～！　美味しいです！」

「それは良かった」

予想以上にお気に召したようで何よりだ。

俺はシングル、ヒナタちゃんはダブルのアイスクリーム（コーン）を頼んで二人で食べ歩く。

上段のバニラをあっという間に食べてしまった食いしん坊天使が、下段のストロベリーに侵攻する前に半分ほど減った俺のチョコアイスをチラ見した。

ブレないなあ……かわいいなあ……と孫を見つめるおじいちゃんのような気持ちになりながら、ヒナタちゃんにチョコを差し出す。

「食べる？　いいよ？」

「――ふぇ⁉」

大袈裟に驚くヒナタちゃん。

「そんなに驚かなくても、これくらいいつでもあげるって」

「ええっ⁉　いや、あああの、だって……」

「ん？」

「うぅ～……い、いいんですか？」

恥ずかしさからか顔を真っ赤にして、涙目にすらなったヒナタちゃんが上目遣いに見上げてくる。

「――、はやくたべてくれないと俺はいまここで血をはきだしてしまうお願いだからたべてくれヒナタちゃんんん」

「アイスで⁉　もうっ、そんなわけないじゃないですか。本当にそうやって底抜けに優しいんですから……っ」

なにやら言いながらヒナタちゃんは俺の手からチョコアイスをひったくる。

死から解放された……。

真顔で安堵する俺の前で死を運ぶ天使はなぜか恐る恐る舌を伸ばした。

そして、その赤い舌の先端がアイスに届いた瞬間。

彼女はそっと俺の方を伺うように見て、

「〜〜〜〜〜っっっっ！！！」

俺と目が合った一瞬で、火が出そうなほどに顔を赤く染め上げた。

片手で口元を抑えると大慌てで俺に背を向ける。

「か…………しちゃった……」

チョコアイス、そんなに美味しかったんだろうか？

別にあげてもいいよ、と言うより先に、

「お、お返しします……っ」

とアイスを差し出した。

「そう？　お味の方は？」

「あじっっ！？！？　そっ、そんなの分かるワケないじゃないですかっっっ!!」

「え、別にもっと食べていいけど」

「もっと!?　だ、ダメです！　もうお腹いっぱいです！」

「いや絶対嘘じゃん……」

お腹いっぱいの人はそんなにストロベリーアイスをパクつかないと思う。

なんだか今日のヒナタちゃんは変だなぁと思いながらも、さっさと残りのチョコアイスを平らげた。

そう間を空けずにヒナタちゃんの方も食べ終わろうかといった、その時。

人垣から、いきなり少女が飛び出してくた。

お祭りともなれば小学生くらいの子にとっては舞い上がる気分だろう。

溌剌とした少女を責める気にはなれない。

ぶつかりそうになったヒナタちゃんも文句一つ言わず、アイス片手に軽やかに避ける。

華麗な身のこなしに思わず拍手。

「おー、さすが天翼の守護者（エクスシア）」

「えへん。この程度なら――って、きゃっ」

褒められて胸を張るヒナタちゃんが油断した途端。

またしても子供が飛び出してきた。

友達だろうか、先程の子と同じ年頃の少女だ。

ギリギリでそれを躱すも、彼女は手に持っていたアイスクリームを手放してしまう。

「あ……っ」

――視界に集中。

俺は手を伸ばし、コーンが手に触れた瞬間に《分離》して慣性キャンセル。

アイスの部分を落とさないよう掬（すく）い上げる。

なにこの天稟（ルクス）の無駄遣い、と我に返りつつ、アイスを持ち主に差し出す。

「はい、ヒナタちゃん。……ヒナタちゃん？」

なかなか受け取らないヒナタちゃんに、ついと視線を向ければ、彼女はじっと俺の目を見つめていた。

「な、なに、どうかした？」

「いえ、お兄さんの天稟ですよね、いまの」

「……うん。それが……？」

「ふふっ、久しぶりに見せてもらいました」

ありがとうございますと嬉しそうに笑って、ヒナタちゃんはアイスクリームを受け取った。

よかった、まさか何かしらがバレたのかと……。所属とか、天稟とか……。

後ろめたいことが一つでもあると、なにかにつけて不安になってしまう。

このままヒナタちゃんと関係が続くなら、こういうのにも耐えていかなきゃならないのだろう。

——などと考えていて、注意が散漫だった。

「うおっ、と。三人目」

先の二人と間を開けて、今度は少年。

しかも俺の方に来た。

気弱そうな彼は泣きそうになりながら、前の二人を追いかけているようだ。

なんとなく三人の関係性が見えるな……。

バランスを崩しながらも避けると、少年はよたよたと人混みに消えていき——、

「あ」

「……っ」

――俺の手の甲とヒナタちゃんの手の甲が『触れて』しまった。

俺は半ば無意識に手を滑らせ、ヒナタちゃんの左手を握る。

「っ！？！？　っ！？！　っ！！！」

「――――」

やばいやばいやばいっ。

たかだかアイスクリームを《分離》しただけだし、代償（アンブラ）自体は大して重くない。

しかし、問題はその支払い方法だ。

《分離》の度合いによって代償（アンブラ）の度合いが変化するのと同じように、『接触』の支払い方でも代償（アンブラ）の度合いは変化するのだ。

『抱きしめる』など接触の程度が高ければ時間は短くなる。

逆に、程度が低ければ時間は長くなる。

今回のように手を繋ぐのは、代償（アンブラ）的には最小単位だった。

前回抱きしめた（事故）時にはあれだけ天稟（ルクス）を使用しても三〇秒ほどで済んだが、今回はたったあれだけの使用でも一分弱は要するだろう。

つまり――やばい推しの手から手を離せないどうしようやばいやばいやばいっ！

なにか言い訳！

「て、手ぇ繋がない!?　ひ、人混み、そう、人混みがひどいし!?」

ぬおおっ、なんて取ってつけたような言い訳っ！

「はぇ、あ、はひっ⁉　ぜひっ、繋ぐしかありませんね？？？」

いや、ヒナタちゃんも訳わかんないこと言ってるっ⁉

そりゃそうか、いきなり手を繋がれたらそうなるよねっ！

「…………」

「…………」

そうして、途端に落ちる沈黙。

気まずさに耐えかね、何か言おうと目についた屋台の一つを指差す。

「あっ、あの風船、なんかこうっ、柔らかくてすべすべしてそう！」

「そ、そうですかっ？　意外とゴツゴツしててあったかいかもしれませんよっ⁉」

なんの話してるの俺たち⁉

――と、ふいに背後から視線を感じて振り返る。

そこには、さっき駆け抜けていったはずの三人組がいた。

「「「…………」」」

「「…………」」

揃って変なものでも見るような目を向けてくる彼女らと、視線がかち合う。

「あのおねえちゃんたち、イミわかんないこと言ってるよ」

「しゅーちしんとかないのかな」

「頭弱そう……」

お前らのせいじゃクソガキどもぉ!!

あと最後の少年、気弱そうなのに口悪いな!?

「～～～っ」

三人組の視線と台詞をもろに受けて、手を繋いだままのヒナタちゃんは羞恥心にプルプル震えて涙目になっていた。

それからしばらくの間、三人組は好き勝手なことを言い、気が済むとまた人垣の中に消えていった。

お前らの顔は忘れねえからな……!

「うぅ、恥ずかしいよぉ……」

メンタルに相当なダメージを負った様子のヒナタちゃんが、思わずといった様子でしゃがみ込む。

その際、繋いだ手がするりと離れた。

どうやら代償(アンブラ)の方は終わったらしい。

タイミングが良いと言うべきかどうか……。

ヒナタちゃんは蹲ったまま、腹いせのようにパクパクと残りのアイスを食べてしまった。

「うぅ～」

「ヒ、ヒナタちゃん、気持ちは分かるけど一旦、横に――」

仮にも人混みの最中ではあるので道路脇に掃けようか、とそう思って周りを見渡した時。

俺は信じられない、否、信じたくないものを見た。

ビルの上方。

天翼の守護者(エクスシア)の制服に身を包んだ片翼の天使――雨剣ルイが鬼気迫る表情で辺りを睨み散らしているのを。

「～～～っ！？！？」

今バレていないのは奇跡だ。

ヒナタちゃんがしゃがみこんで人混みに隠れているから、たまたま見つかっていないだけ。

ヒナタちゃんの髪が一房でも見えた時点であの厄介オタクは推しの存在を認知するだろう。

間違いない。

だって俺ならできるもん。

すばやく状況判断した俺は、

「――ちょっと失礼」

「ひゃっ、おおおおお兄さんっ⁉」

蹲(うずくま)るヒナタちゃんの脇に手を滑り込ませ、腰を支えながら素早く壁際に移動。

位置取りが悪くビルの中にも入れそうになかったので、ビル同士の隙間にヒナタちゃんごと身を隠す。

「あああ、あのあのっ」

「しっ、少し静かに」

「～～～っ⁉」

何か言おうとする彼女の唇に人差し指を当てて黙らせ、ビル影から顔だけ出してルイの方を注視する。

やはり片翼の天使は般若のようなオーラを全身から迸らせていた。

どこをどう見てもキレている。

なのに相変わらず目を奪われるほどに美しいのはどういう原理なのか。

しばらく周囲を見回していたルイは、この大通りに見切りをつけ、すばやく飛び去っていった。

「はあ、危なかった……ヒナタちゃ——あ」

声をかけようとして、自分たちの体勢に思い至る。

ビル壁に押し付けるようにしてヒナタちゃんを抱きしめている体勢に。

慌てて両手を上げて離れる。

ヒナタちゃんは——、

「ふーっ、ふぅ~……っ」

桃色の瞳に大粒の涙をたたえ、何かを堪えるように曲げた人差し指を甘噛みしていた。

その熱っぽい表情から、すっと目を逸らす。

「えっと、あのぉ…………ごめん、ヒナタちゃん」

「………っっっっ」

何秒経ったか、少女はくるりと踵を返し、

「いきますよ、おにいさん……」

ややふらつきながら大通りへと戻っていく。

彼女が何を思っているのか、まるで掴めないまま、俺はヒナタちゃんの後を追うしかなかった。

しかし、この後。

本当の戦いはこれからだったと、俺は思い知ることになる。

――信じられない忍耐力だと、ヒナタは自画自賛したくて仕方なかった。

そもそもからして「二人きりで行きたい」と強く迫られて、当日になった今日も頭がふわふわしていたのだ。

そこへいきなり手を繋がれ、物陰で壁に押し付けられ、頭の中が■■■■のことでいっぱいにされた。

そんな蕩けきった頭で、だ。

離れてしまう彼に肉体が勝手に縋り付いてしまいそうになるのを、強靭な意志の力で押さえ込んでみせたのである。

やっぱり信じられない忍耐力だ。

あれは何かの事故だったのだ、そうに違いない、と自分に言い聞かせ、心を落ち着けようと試みる。

「…………はあ」

熱った頬も冷めてきた頃、不意にヒナタはお腹をさすった。

――なんだか、お腹減った……。

お兄さんがあんなことしてくるから悪いんだ、だいたい昔から……と内々に溜めていた可愛らしい不満を心の中でぶつけてみる。

――ぜったい屋台でたくさん注文してやる。

ヒナタが密やかに決意した――その数分後。

「――ヒナタちゃん」

「………っ⁉」

通りを物色して歩いている最中。

その視界にいきなり■■■人が割り込んできた。

それも、結構な至近距離である。

たまらず声なき悲鳴をあげ、今度こそ文句を言ってやろうと上目で睨み、

「………？」

見上げた先、ビルの上辺りに黒い鳥影のようなものが通り過ぎた。

思わず目で追おうとした、その瞬間。

「――ひゃあっ⁉」

■■■人の両手が頬に添えられた。

そして、彼が囁く。

「こっちだけを、見ていて欲しいんだ」

「～～～っ！」

歯の浮くような台詞を耳にして「言う相手間違ってませんか⁉」と混乱する。

――顔がっ、顔が近いっ！　こ、こういうのはクシナちゃんに……！

「……っ、～～～っ！」

いくら心のうちで思おうと、口ははくはくと無意味に動くだけで音の一つも出てこない。

――このポンコツ‼

と、自分の喉に対して何回か文句を繰り返したところで、ようやく彼は顔を離した。

「ふう……。もう大丈夫かな……」

「なっ、なにが……っ！　～～～～っ‼」

――なに一つ大丈夫じゃありませんがっ⁉

ヒナタの心の叫びも知らずに、彼の両手が離れていく。

思わず、熱くてたまらない両頬を自分の手で押さえた。

まるで、■き■人の熱を逃したくないかのように。

ぴゅいっとイブキの腕から抜け出し、逃げるように近くの出店へ駆け寄る。

お腹は減りっぱなしだが、なんでもいいから何か見ていないと気が触れてしまいそうだ。

店を選ぶ余裕などなく飛びついたそこは、アクセサリーショップだった。

とにかく気を紛らわせたい。

イブキの方を見てられない。

そんな一心で、アクセサリーをやたら熱心に物色する。

「あ……」

これ、可愛い。

こっちはルイちゃんに似合う。

こっちはクシナちゃんに良さそう。

そんなことを考えているうちに、ようやく熱が引いてくる。

「はあ……、よかっ――」

「――ちょっと失礼」

「ふぇええええっ！？！？」

よかった、と言おうとしたのに。

言おうとしたのに……！

ヒナタの小柄な身体が、後ろから■きな人に抱きしめられていた。

まるで何かから隠すかのように、ヒナタはすっぽりと腕の中に覆われていた。

「ちょっ、ちょっとっ、お兄さ――」

「ごめんね。でももう少しだけ、こうしていたいんだ」

「〜〜〜っ！！？？？！」

耳元で囁かれて、ヒナタはくたっと脱力してしまう。

――あったかい。安心する。溶けちゃいそう。

――あ、おにーさんの家の匂い……。

ろくに抵抗もできず骨抜きにされ、そのうち脳みその方もとろけてくる。

屋台の店員さんは目を見張って顔を真っ赤にしていたが、自分の頬はそれ以上に色づいていることだろう。

もう何秒たったかも分からない。

知らない。

分かるか、ばーか。

昔みたいなやさぐれヒナタがひょっこり顔を出した頃になって、彼はゆっくりと離れた。

「ふう、危なかったな」

「〰〰〰っ！　〰〰〰っっっ！！！」

――こっちのが危ないですよっ！　ど、どういうつもりで……っ!!

緩んだ■きな人の腕の中から身を捩って逃げ出す。

ヒナタはうるさくてしかたない鼓動を鎮めようと、胸をぎゅうっと両手で押さえつける。

（わ、わたしは……、ちがうぅ……っ）

込み上げてくる〝それ〟を留めようと苦心していたのに、

「――っ、もう戻ってきた!?」

「へ？」

「こっち！」

焦りの声とともに、彼はヒナタの手を取って駆け出した。

――今度はなに⁉　なんなの⁉

もはや前後不覚に陥り、■きな人に為されるがまま傍にあったビルの中に連れ込まれて――。

その看板を、見てしまう。

どギツいピンクの文字で、なんとなくお洒落な名前が付けられた、ホテルの看板を。

「！！？？！？！？　こ、ここ、ラ、ラブ……っ⁉」

「……？　ヒナタちゃん、どうし――」

「おにいさんのばかあああああああっ‼」

「なんでっ⁉」

ヒナタは全力で〝ホテル〟から逃げ出した。

◇◇◇◇◇

「…………なんで？」

その場に取り残されたイブキは、ヒナタが見ていた看板に目を向ける。

そして気づいた。

「いぃ――っ⁉　ここ……っ！」

引き攣った声をあげると、遠ざかりつつあるヒナタの背を追いかけ、慌ててビルを飛び出す。

そして、

「待ってっ、ヒナタちゃん！　これは誤解で――」

「ヘエ、ソウナノ」

「――」

誰から逃れようとしていたのか、それを思い出すことになる。

ぎぎぎ、と油を差し忘れた機械のようにぎこちなく、頭上を見上げた。

（わあ、あんな綺麗な笑顔マンガでも見たことなぁ～い）

片翼の天使が微笑んだので、イブキもにっこりしてみた。

「コロス」

「――」

イブキは全速力で逃げ出した。

◇◇◇◇◇

「よしっ、時間ぴったり」

その刻、信藤イサナは机上の書類を全て片付け終えた。

そして、椅子をくるりと回して窓の向こう、眼下の景色を見やる。

「百年祭は宴もたけなわ。時間帯は昼、皆の警戒が緩む逢魔ヶ刻。すなわち――」

部下に見せる笑顔とは違う、冷徹な微笑みが口元に浮かぶ。

「本日、本刻こそは絶好の襲撃日和なり。――総員、傾注ッ！」

フロアのほとんどを閉める会議室に大音声が響き渡る。

瞬間、その場の隊員の全てが一斉にイサナ――副支部長へと目を向けた。

寄せられた視線に不敵な、されど仄かに柔らかい微笑を浮かべて振り返る。

「これより特別警戒体制に入ります。休暇中の者も含め、全ての隊員との無線を開きなさい。――祭りは終わりです」


正義の徒による一喝とほぼ同時刻。

「さあ、祭りだぜ、テメェら」

昏い地下通路の一角で、大男は獰猛に笑う。

「今回の加害対象は――天翼の守護者」

前回のショッピングモールにおける襲撃では、少人数で一般人に被害を出そうとして苦渋を舐めさせられた。

それゆえの、ターゲットの変更。

今度こそ天秤と天使を、地に堕とす。

「あれから〈乖離〉のヤツとは話せてねェが、別にアイツがいなくても変わりねェ、なんせ今回は――全員だ」

その低い声音は通信機を通して都市全域、〈剛鬼〉麾下全五〇名の耳へと届けられた。

彼らにとっては祭りに違いない。

されど、その祭りは――。

「血祭りの始まりだァ、羽虫女ども」


桜邑、北東区画。

普段なら高級住宅地であるこの一帯も、百年祭の熱気に浮かれ、盛り上がりを見せていた。

大通りには比較的高めの料金設定をされた店が多く、歩く人々の身なりも相応に良い。

その街並みを見守る天翼の守護者は計六人。

普段の三倍もの人数を持って巡回に当たっていた。

それぞれが離れた位置を哨戒する六人の耳に、同時に通信が届く。

『副支部長より指令、現在より特別警戒体制に移行して下さい。繰り返します――』

「指令……いま……？」

辺りを見てもほのぼのとした光景が広がるばかり。

タイミングに疑問を抱きながらも、警戒体制――単独行動を控え、バディと二人一組で行動するために合流しようとした、その時。

「…………？」

たった今すれ違った二人組の男性。彼らが背後に抜けた瞬間、風もないのに身体が後ろに引っ張られたような、歪んだ空間に引っ張られるような気配がした。

何の気無しに振り返ったそこに、

「な……っ」

黒いローブを纏った、仇するべき敵である二人組が立っていた。

身構えるよりも早く、何かに殴られたような衝撃。

あっという間に吹き飛ばされて壁に叩きつけられる。

「かはっ……ぁ」

彼女は受け身も取れずに、意識を失った。

地面に崩れ落ちた正義の徒を見て、辺りが騒然とする。

それを成した二人組はほくそ笑み、混乱に乗じて姿を眩ませた。


同じことは都市全体で起こっていた。

ある場所では、突如として水球に包まれた天翼の守護者（エクスシア）が息を継げずに昏倒する。

そのほぼ真反対の区画では、炎に巻かれ逃げ場を失った天翼の守護者（エクスシア）が降り注ぐ瓦礫（がれき）に生き埋めにされた。

指令に即座に従った者は正面から迎え撃てていたが、ほとんどは祭りの空気に当てられて反応が鈍い。

ひっきりなしに被害報告が入る司令室で、副支部長・イサナは眉を顰めた。

「……バディの片割れだけが狙われている」

天翼の守護者(エクスシア)のバディは何もおままごとで組んでいるわけではない。

中には天才・秀才(ヒナタとルイ)のペアのように、欠点が少なく本人同士の仲の良さを重視して組まれるバディもいるが、それは少数。

普通は、互いが天稟(ルクス)と代償(アンブラ)を補い合いながら戦えるように組まれている。

本来なら二人行動が徹底されている【循守の白天秤(プリム・リーブラ)】だが、新設である第十支部は隊員数が少ない。

加えて祭事中で巡回の範囲を広げていることもあり、バディをバラけさせ、六人で一区画を担当させている。

「敵は二人組の、男。二〇ヶ所を超える数ということは〈剛鬼〉配下の構成員か。他の派閥と連携していないだけマシですね。しかし襲撃が長引けば便乗する派閥も出てくる。特に人数の少ない木っ端派閥は、必ず。ならば――」

瞑目し、独り言を呟きながら、イサナは現状を把握していく。

そして、頷き一つ。

「区画担当の六人間の通信をオープンにしなさい。そして――合流しないよう命じてください」

「合流、しないのですかっ?」

「そう。適度な距離を保って動きなさい。敵が釣れた瞬間、残りの四、五人でもって叩く。焦る必要はありません。こちらの数的有利に変わりはないのですから。冷静に、冷血に、冷徹に、多対二で確実に叩くのみ」

「っ……」

支部が設立されてから初めてといえる大規模襲撃。

それが起こってから僅か一分足らずで状況を把握し、揺らがぬ指示を出す副支部長に息を呑む。

それはもう、普段の様子からは想像も及ばなかったので。

「早急に通達を」

「――了解！」

通信部の隊員たちは不思議な高揚感とともに、一斉に動き出した。


そうして、桜邑を舞台とする大規模襲撃は一進一退の様相を呈し始めた。

一人の天使が倒れれば、それを成した悪二人を、被害を出しながらも数人の天使が鎮圧する。

そうした現状は休暇中の天翼の守護者（エクスシア）にも通達され、リアルタイムで戦況が伝えられていた。

――無論、傍陽ヒナタにも。

『非常事態につき休暇中の隊員も応戦を――傍陽隊員？』

「……」

しかし、彼女に返事をする余裕はなかった。

兄のように慕う青年が原因――ではなく。

眼前。

交差点の地面は大地震の後のようなひび割れが走り、信号機は薙ぎ倒されていた。

「ぅ、ぐ……」

「ぁ……」

その周りには呻き声を上げながら、倒れ伏す天翼の守護者（エクスシア）たち。

そして、

「はははははァ！　やっぱり弱えなァ、羽虫女（テメエら）はよォ！」

被害の中心地に立ち獰猛に笑う大男、〈剛鬼〉がいた。

その肉食獣のような目が、場の惨状に言葉を失うヒナタへと向けられる。

「――で、オマエはどうする？　いつぞやの新人（ルーキー）」

「どうする、ですか……」

『傍陽隊員。もし敵主犯と目される〈剛鬼〉と接敵したならば、すぐにその場から撤退を――』

プツッ――と、ヒナタは無言で通信を切断した。

そして、胸元に付けられた桃色のブローチにそっと触れる。

「【換装（レディ）】」

その音声を拾った瞬間。

ブローチと共にヒナタの全身が輝いた。

「ほう、そりゃどういうオモチャだァ？」

「なんでも、この祭り期間のために研究部が大急ぎで完成させたんだそうです。非番の天使でも速やかに襲撃に対応できるように」

光が収まったそこに、純白の外套（マント）をなびかせた隊服姿のヒナタが立っていた。

鉄手甲（ガントレット）と鉄脚甲（グリーヴ）をつけた完全装備。

以前はプリーツスカートだったのが、最近どうしてか相棒とお揃いになったショートパンツ。

胸元のブローチは翼と天秤をモチーフにしたエンブレムへと姿を変えていた。

「わたしはどうするかと、訊きましたね。――無論、あなたの相手になります」

ヒナタは静かに構え、〈剛鬼〉は嗤（わら）った。

ここで撤退、否、逃亡などという選択肢は彼女にはない。

――たとえ勝利の見込みが薄かろうと、彼女の憧れた英雄たちは立ち向かうだろうから。

一方その頃。

（うおおおおお無理無理無理無理、逃げる！　逃げても死ぬ！）

イブキは全速力で逃亡していた。

動体視力の良さに飽かして人混みの間をすり抜けるように疾走する。

頭上からは冷徹な声。

「――止まりなさい」

「止まったら殺されるのに止まる奴がいるか！」

「コロサナイワ」

「説得力！」

実際、人混みの中にいるからこそイブキは殺されていない。

天翼の守護者(エクスシア)であるルイは周りの人を傷つけないようにするため攻撃できず、追いかけるだけに留まっているのだ。

それでもって、走るのをやめれば普通に捕まって終わる。

体術も磨いている天秤(リーブラ)の隊員に、人畜無害な一般『悪の構成員』が勝てるわけがないのだ。

けれど、その拮抗も長くは続かない。

「ねえ見て、天翼の守護者(エクスシア)が誰か追いかけてるよ」

「え、なに、犯罪者？」

「うーん、なんか男の人だったみたい」

「ていうか、あの天使、雨剣ルイ様っ!?」

「ルイ様、きれい……」

それはそうだ。

正義の味方が追いかけている相手なんて悪人に決まっている。

しかも、よりにもよって追跡者は、そこにいるだけで人目を惹くルイ。

逃げ続けるほどに、注目は高まる一方だった。

その上、逃亡劇に巻き込まれまいと徐々に人垣も割れていく。

（いや、普通にまずいぞ。このまま走ってもいつか捕まるだけだし……）

と、焦りを募らせたその時である。

人垣が割れたことによって、目の前が開けた。

そしてイブキの人並外れた眼は、豆粒ほどの大きさのそれをはっきりと捉えてしまった。

「――――」

大通りの遥か先。

交差点で、――見慣れた小柄な少女が、巨体の悪漢と対峙している様を。

「な……っ⁉」

（なんで〈剛鬼〉がっ⁉　いや、そんなことより、ヒナタちゃん一人⁉　……絶対に無理だ。勝てない……！）

あんな男でも強さは折り紙付き。

そのことは前回の襲撃で誰よりもよく分かっているはずなのに。

――それでも、戦うんだね、君は。

ちらりと上空を滑るルイを見る。

いくら彼女でも一キロほど先にいるヒナタちゃんを発見することはできなかったようだ。

（今、ルイは俺を追いかけてる。なら、このまま引きつけて、あそこに連れて行けば……）

ショッピングモールでは一対一で戦わざるを得なかったヒナタちゃんだが、ルイと二人で協力すれば、今度はいい勝負になるかもしれないかもしれない。

少なくとも希望はある。

ならば、それに縋るしかない。

——所詮、傍観者でしかない俺にも、それくらいなら……。

その思考の隙間に差し込まれるように、しゃらん、と鯉口を切る音が耳に届く。

人垣が割れて逃亡先が一直線に絞られたからだろう。

肩越しに、ルイが抜剣したのが見えた。

構えられた剣は一本だが、それは背後からイブキを穿たんとしている。

「……っ、くそっ」

このまま真っ直ぐ走り続けるのは不可能だ。

それこそがルイの狙いだと分かっていても、イブキに残された選択肢は人通りの少ない道へと飛び込むことしかなかった。

そうして決意する。

どうにか攻撃から逃げ切りながら、ルイをヒナタの場所まで連れて行くことを。

（大丈夫。ヒナタちゃんからも逃げ切った。前回の戦いでもルイの攻撃を凌ぎ切った。俺なら、やれる……っ！）

そして、二人が裏通りに出た、まさにその時。

「緊急通信……？」

ルイが訝しげに耳に手をやった。

イブキを追いながらも、その表情は険しさを増していく。

「そう、了解。――ワタシの目の前にも一人いるわ」

「……………？」

そうしてルイは通信を終える。

何があったのかと伺うイブキを、冷たい視線が射抜いた。

「殺しはしない。けれど、大人しくなってもらうわ」

「――――っ」

瞬間、一切のためらいなく片翼の天使が抜剣。

四つの蒼銀の刀身が、空中に舞った。


――それからは、長くはなかった。

迫り来る長剣を命からがら避けつつ走る、走る、走る。

時おりフェイントをかけたり、方向転換をしたりしてみるが、ヒナタとは異なり宙を自在に翔けるルイには通用しない。

距離を取ることもできず、攻撃も一層苛烈さを増していく。

目で視えていても、身体が同じ速度で動けるわけじゃない。

思うように回避できず、みるみるうちに身体は切り傷だらけとなり、ついに。

「がッ、……うっ」

柄頭が背を穿ち、イブキは転がりながら壁へ激突した。

――前回はルイから逃げ切ったのだから今回もできる、そう思っていた。

けれど、あれはあくまでもルイの攻撃を受け流すことに専念していたがゆえの戦果だった。

それですらイブキは捕らえられる一歩手前までいっていたのだ。

逃げ、誘導し、斬撃のことごとくを避け切る。

どうしてそんな芸当ができようか。

早い話が――自惚れだった。

壁に頭部を強打し、朦朧（もうろう）とする意識の中、そんな後悔が浮かんだ。

狩人は獲物を睥睨したまま宙に留まっている。

一切の油断なく、彼女は口火を切った。

「この間はヒナがいたから手を出せなかった。けれど、今なら話は別」

ヒュッ、という風切り音。

霞む視界の焦点を合わせれば、目と鼻の先には蒼銀の長剣が突きつけられていた。

「――さあ、アナタたちの事を吐いてもらうわ」

冷たい瞳が獲物を射抜いた。

「まず、この襲撃の目的は何？」

「しゅう、げき……？」

ルイの言葉の意味を、イブキは理解できない。

「ええ。今この都市全域で起きている襲撃のことよ。襲撃犯は、【救世の契り（ネガ・メサイア）】の構成員多数。それも全て男の、ね」

——そんなことになっているのか……！

驚愕と同時に焦りが心を苛む。

主犯は先ほど目にした通り〈剛鬼〉だろう。

イブキにとって問題なのは、彼が男性構成員の首魁だということだった。

「俺は、関係ない」

自分で言っていて信憑性がないと思う。

襲撃の犯人達と同じ男。

ましてイブキは、ショッピングモールでルイに対して悪ぶった態度を見せてしまっている。

そうでなくとも「愛しのヒナ」をたぶらかしている（ように見える）男にルイは敵意を燃やしている。

案の定、ルイは冷徹に切り捨てた。

「信じられると思うの？」

「俺は〈刹那〉の部下だ。〈剛鬼〉のじゃない」

「けれどアナタ、この前言ってたじゃない。勧誘の返答に来たって、笑顔でね」

「………っ」

イブキは唇を噛んだ。

前回の時間稼ぎが完全に裏目に出ている。

「自分の立場は理解できたかしら？　なら――」

静かにイブキを見下ろすルイ。

その蒼玉（サファイア）の瞳に困惑の色が宿った。

「……なに？」

「向こう」

壁にもたれる青年は、己の後ろを指さしていた。

「向こうで、ヒナタちゃんが〈剛鬼〉と戦ってるんだ……っ！　だから、早く……っ！」

必死の形相で、あたかも神に縋るように天使を見上げる。

その願いは、

「アナタ――この後に及んでワタシを馬鹿にしているの？」

無情にも一刀のもとに切り捨てられる。

「そんな子供騙しに引っかかるわけがないでしょう」

当然だった。

それでも縋るしかなかった。

そして最後の望みは目の前で潰えた。

（くそ……ッ）

「もう、いいわ。一つだけ答えなさい」

項垂れる彼に、片翼の天使は先ほどよりも冷めた声音で告げる。

「――アナタの目的は、なに？」

なぜこの後に及んでそんなことを聞くのだろうか。

胡乱(うろん)げに視線を返すと、彼女は訥々(とつとつ)と語り始めた。

「アナタは正体を隠してヒナに近づき、あの子を何かに利用しようとしている。その過程でワタシに正体がバレてしまった。普通は、ワタシを消そうとするでしょう。でもアナタはショッピングモールで、絶好の機会にワタシを助けた」

ルイの言う絶好の機会とは、彼女の背中に向けられたナイフを《分離》したことだろう。

けれど彼女の言葉には感謝など微塵も乗せられていない。

「そして、ただただヒナを欺くに留めている。まるで、今の関係のどのピースも失いたくないみたいに。そんな回りくどい真似までして、アナタがヒナから得ようとしているものは、なに？」

こちらを射抜く眼光はどこまでも凍てついたまま。

敵対者であるという前提のもと、一見善行に見える行動の真意を知りたがっている。

「ひょっとして、あの子にはワタシが知らない、敵に狙われるような何かがあるの？」

彼女の疑問は見当違いも甚(はなは)だしい。

イブキにはそんな大層な理由はない。

ただバレないように関係を続けたいだけ。

……いや、今はそれすらも分からないのだけれど。

「――あの時、ヒナを失うかもしれないと思った」

ルイはふと目を伏せる。

震えるような声音が、ぽつりと溢(こぼ)された。

彼女の言う「あの時」とはショッピングモールでヒナタがピンチに陥った時のことだろうか？

「もうヒナを、あんな目に遭わせたくないの」

キッと顔を上げた彼女の表情には決意の炎が揺らめいている。

「ワタシはなにを引き換えにしようと親友を、ヒナのことを護ってみせる。そのために必要な情報があるなら、いまここで全てを吐かせる……ッ」

それはヒナタの夢も目標も理解して、その上でなお彼女を護るという宣言だった。

それを叩きつけられたイブキは——自分が情けなくて仕方なかった。

ルイは、ヒナタの無二の親友はこんなにも、心の全てを砕いているというのに。

自分には何もできはしない。

だって、自分はこの世界の異物だ。

舞台の上にすら立っていない、ただの観客だ。

そんな自分に、

「さあ、答えなさい。アナタの目的はなんなの？」

「俺の、目的……」

そんなもの、自分にあっただろうか。

真っ直ぐにこちらを睨め付けている彼女に、誇れるほどの信念が。

この世界の除け者である自分が、そんなものを持っていていいのだろうか。

苦しげな鼓動が響く耳朶(じだ)を、透明な声が打つ。

「アナタは、なにがしたいの？」

「──っ」

思い起こされたのは、今の尋問とは似てもつかない優しげな声音。

──イブキくんは、なにがしたいの？

いつかの幼馴染の問いかけ。

あのとき、確かこう答えた。

──俺は、【循守の白天秤(プリム・リーブラ)】に入りたいんだ！　それで……。

そのあとすぐに「男は入れないよ」と言われ絶望したわけだが。

あの日の自分は『それで……』の後に、何を言おうとしたのだったか。

それで──、

「思う存分、推しを間近で見ていたい」

ルイにも聞こえぬほどの小声でぼそりと呟いて、

「ふ、」

抑えようと思っても、吐息が漏れた。

だって、なんだよ、それ。

普通こういう時は、守りたいとか、助けたいとかじゃないのか。

「ふく……っ」

馬鹿か。いやバカだ、間違いない。

――始まりは、ただそれだけの願いだったのだ。

どこまでも自分勝手で、今では胸の奥底で埃をかぶっていた、純粋な想い。

「ははは、バカじゃん、俺」

「……なにを、笑っているの……っ！」

激昂するルイが腕を振る。

鼻先を浮遊していた長剣が、イブキの顔の真横に突き立った。

「次は当てる。その気に食わない面に」

言われて、蒼銀の長剣に目をやる。

磨き抜かれた幅広の剣身には、周囲の景色が克明に写りこんでいた。

そして、壁にもたれる一人の男の顔も。

ひどく不可思議な心地だった。

一八年間、毎朝毎夜、洗面台で見てきたはずなのに、

「俺、こんな顔してたっけ」

ぼそ、と口を動かせば、鏡面に写るその男も真似をした。

その瞬間、またしても幼馴染の声が耳に蘇る。

今度は幼い声音ではなく、成熟し落ち着きある声音で。

――貴方も、たまには鏡くらい見てみるといいわ。

「……敵わないな、本当に」

男にしては長めの、薄い茶髪。

胡散臭い一歩手前くらいの柔和な顔つきをしていて、その虹彩は翠色。

イブキだ。

指宿イブキ――傍陽ヒナタの最初の敵で、呆気なく負ける男の顔だ。

「なんだ、結構イケメンじゃん、俺」

周囲をよくよく見れば、そこは〈乖離〉とヒナタ隊員が最初に逃亡劇を繰り広げた路地裏だった。

いつのまにか、こんなところまで走ってきたのだ。

灰色の壁に、薄黒い地面。

背を預ける壁のゴツゴツした感触に、整備の行き届いていない床の尖った質感。

――ふかふかで座り心地のいい客席なんて、どこにもなかった。

「本当に、バカだ。――バカだった」

自分はとっくに役者（イブキ）で、とっくに舞台（世界）の上にいた。

「……はあ、もういい」

ルイが呆れと失望の籠ったため息を吐く。

「アナタはここで始末する。この襲撃に巻き込まれたことにしてね。それならアナタがヒナを裏切っていた事実は闇へと消え、あの子の悲しみは最小限で済む。アナタの目的がなんだろうと、消してしまえば問題はないのだから」

それじゃあ、という台詞とともに、ルイは片手を天に伸ばす。

彼女の周りに浮かぶ長剣が、一斉に鋒をこちらに定めた。

「さようなら」

しなやかな腕が断頭台のごとく振り下ろされた瞬間。

イブキは右腕を強引に振り払った。

その右手が、真横に突き刺さったままの長剣を叩くと同時。

――【接触】自身、及び長剣。【分離対象】自身。

《分離》によって慣性を失った身体が、長剣に叩きつけた力の反動によって吹き飛ぶ。

「な……っ!?」

それは〝回避〟とも呼べぬ無様なものだったが、事実としてルイの四剣は空を穿った。

驚愕するルイへは目もくれず、イブキは着地と同時に地を蹴る。

――【接触】自身、及び路面。【分離対象】自身。

またしても目に追えぬほどのスピードで身体が吹き飛び、あっという間に追跡者との距離が開く。

視界にはゆっくりと流れる世界が映っている。

しかし、その世界にイブキの身体は追いつけない。

手足は思うように動かせず、地面に転がるように着地した。

「痛っぅ……」

やっていることはヒナタから逃げおおせた時と同じだ。

あの時は時計塔からビルに飛び移る際に自分のエネルギーを消して、軽く蹴ることで大跳躍をした。

今回はそれを加減なく、全力でやっているだけ。

ゆえに前とは比べ物にならない速度と距離が出ている。

目では視えていても身体がそんな速度に追いつかないので、うまくは着地できない。

今回は運良く二連続でできたが、次は無理だろう。

その程度の諸刃の剣。

けれど、今この瞬間は大いに役立ってくれた。

「この……ッ」

ルイは泡を食って追い縋ってくる。

当然、待つ理由は皆無なので逃亡を再開。

痛みに身体が軋むが、いまではその痛みすらも〝生きた〟実感として胸に残った。

「逃がさない……っ！」

軽やかに逃げるイブキの背に、再び長剣が打ち出される。

それが届くより前に、イブキは十字路を曲がった。

姿を捉えねば剣も操れない。ルイは逃亡者の後を追って角を曲がり、

「く、ぅ……邪魔……ッ！」

ビルの谷間を縦横無尽に張り巡らされた電線にその進路を遮られた。

ちょうど、彼女の相棒がそうなったように。

「──プランC、立地をうまくいかそう。……正直、二度と使わないと思ったよね」

イブキは走りながら独りごち、そして次を考える。

このトラップを以前使った際には、ヒナタは電線群の中を突っ切ってきた。

空を翔けるルイならば次の手を予想するまでもない。

「小賢しいわね……っ」

彼女は電線の上へと舞い上がった。

「おーけー。じゃ、プランD」

イブキの瞳が道路の中央に位置する、それを視た。

それは路面からほんの一瞬だけ《分離》し、エネルギーを失ったそれ──マンホールの蓋をイブキは蹴り飛ばす。

「アナタ、まさか」

電線の幕の向こう側、路面にぽっかりと空いた黒い穴を見て、ルイが焦りを滲ませる。

「ん？　ああ、ココ、雨水管だからそんなに汚くないよ？」

「そんなこと聞いてな──」

「それじゃ、ごきげんよう」

「ま、待ちなさ──」

——待つわけないでしょ。

イブキは満面の笑みを残してマンホールの中へと姿を消した。

「やられた……——やられたッ！」

残されたルイは悔しさに歯噛みしながら思考する。

司令室に通信して今すぐ出口をリストアップしてもらう？

……いや、そんな時間はない。

閉所である地下水道は自分に不利な環境だが、逃げ場が無いという意味では向こうにも不利だ。

行くしかない。

一〇秒と待たずにそう決断し、降下しようとして、彼女は気づいた。

「——」

電線の上に浮くルイの、ほぼ真横。

数メートルほど離れたところに、人がいた。

「——いつ、のまに」

その人影は電線の上に立っていた。

不安定な足場を感じさせぬほど揺らがず、崩れず、彼女は自然体で佇んでいる。

「さあ？　いつからかしら」

黒いローブに、鮮烈な朱の刺繍。

描かれた紋様は、彼岸花。

「案外、ほんの一瞬前かもしれないわよ」

「――〈刹那〉（セツナ）……ッ‼」

ルイは咄嗟に距離を取る。

「ええ、こんにちは。雨剣ルイ」

「………」

表情は阻害されて見えないが、彼女が笑ったような気配がした。

「これでも、貴方には感謝してるのよ？　アイツの目を覚ましてくれて」

警戒を滲ませるルイとは対照的に、彼女は気楽な様子で話しかけてくる。

「よく理解できないけれど……。感謝しているのなら、消えてくれないかしら」

「悪いわね。貴方が誰かを大切に想っているように、あたしも彼が大切なの」

「チッ、あの女たらしが……ッ」

「それはあたしもそう思う」

〈刹那〉（セツナ）は【循守の白天秤】（プリム・リーブラ）にとって最大級の脅威だ。

だがルイは、これまでの対峙で、彼我の間にそれほど隔絶した差を感じていなかった。

強いというより、隙がない。

だから決して油断はしない。

けれど、負ける気もしない。

イブキが消えた穴を一度見やり、ルイは覚悟を決める。

「退く気がないなら、押し通るまでよ」

「――そう。残念だわ」

そして、戦いの幕が切って落とされ――数瞬後、幕が降りた。

第六幕　墜翼のシンビオーシス

ヒナタが一瞬前に立っていた地面が砕け散る。
回避が遅れればあれが自分の末路だったと考えるとぞっとした。
けれど心のうちに恐怖はなく、自らがすべきことだけが見えていた。
戦闘開始当初、一撃躱すごとに高鳴っていた動悸は今やすっかりと凪いでいた。
「啖呵切った割には、逃げることで精一杯じゃねえか！」
「………」
相手の挑発には動じず、衝撃を撒き散らしながら振われる剛腕を淡々と避ける。
アスファルトの砂礫が人影のない大通りに撒き散らされた。
（さっきまで、あんなに沢山の人が楽しそうにしていたのに……っ）
無人になり、色とりどりの風船が虚しく揺れる屋台群にやるせなさを覚える。
それを守れなかった自分にも。
（それでも今は、ひたすらに避け続ける……！）
いくら速かろうとダメージを与えられない以上、攻撃に意味はない。
防御も不可能、取れる選択は回避のみ。

無駄を削ぎ落とした末に、風のない湖面のごとく静かな心持ちでいた。

けれどそれは千の綱渡りを繰り返すようなものだ。

ヒナタの身体は緊張のせいで、手先まで冷え切っている。

――この時、ヒナタは一つの〝賭け〟に出ていた。

「ふ……っ」

眼前に迫り来る拳をするりと躱す。

すでに幾度と繰り返された攻防に、〈剛鬼〉は確かに焦れて見えた。

「粘るじゃねえか。オマエが来る前にいたヤツらなんざ六人がかりで一瞬だったってのによお。情けねえ先輩を持っちまって気の毒だなァ」

「ッ！　――……」

分かっている。

自分を動揺させることが狙いなのだ。

だからヒナタは努めて無反応を装う。

地面を蹴った後に《加速》。

初速から最高速へと一瞬で移行し、変則的に動き回る。

敵の攻撃は空を切り続けていた。

破壊力・頑強さ・敏捷、全てを総合的に上げる〈剛鬼〉――天稟(ルクス)は《身体強化》系のもので間違いないだろう――と比べても、敏捷性だけならヒナタが圧倒的に上だ。

だからこそ、この拮抗は保たれている。

しかし、これが長くは続かないことはヒナタも分かっていた。

回避のたびに天稟を使っていれば、代償の『飢餓』は進んでいく。

すでにカレー二、三皿なら軽く平らげてしまえるほどに飢餓感は膨れ上がっていた。

カレーだとどこか緊張感がないが、それは砂漠で水を求めるのと等しいほどの〝乾き〟となってヒナタを苛む。

それでもヒナタの平静を保たせていたのは「自分が辛いのだから相手も辛いはずだ」という考えだった。

光ある場所には必ずや影が落ちる。

天稟があって代償のない人間はいない。

そして、それこそがヒナタの〝賭け〟の正体だった。

すなわち、代償の我慢比べ。

〈剛鬼〉はヒナタの前に数人の天使と既に戦っている。

こちらより早く限界が訪れる可能性は高い。

「ちょこまかと鬱陶しいなァ……！」

事実、彼の焦りは時間が経つほどに増している。

賭けの勝率は悪くない、とヒナタは踏んでいた。

この賭けが機能する確率はおよそ四分の三——代償の、四つの型うち三つ。

即時展開型（即金）と先行展開型（先払い）、促成展開型（後払い）だ。

型によって効果のほどは違うが、徐々に焦りが募っているということは〈剛鬼〉のそれは一番の〝当たり〟――ヒナタと同じ後払いの公算が高い。

「ウゼぇんだよッ!!」

常人を軽く凌駕する速度で振われる剛腕だが、しかし。

打撃は明らかに雑になり、反比例するように回避が容易になっていく。

やがて、その剛撃の雨が止んだ。

「はァ……はァ……」

攻撃の主は肩を上下させて息をし、顔を歪めている。

「大人しく、投降してください」

ヒナタは微かな安堵とともに降伏勧告をし――悪鬼が口端を吊りあげるのを見た。

「――なァんてな」

「え、……っ!?」

不意に放たれた一撃をかろうじて回避。今までよりも距離を取って着地した。

怯えた子犬のようなその行動に〈剛鬼〉は笑みを深くする。

「あーあ、外しちまったか。まあいい。オマエに良いことを教えてやるよ」

「なに、を」

「オレの代償（アンブラ）が強まるのを狙ってたんだろ？　羽虫はどいつもこいつも同じようなことを考えるよ

なァ。力のねえヤツは皆、小細工で乗り切ろうとする」

「……………っ」

狙いが見抜かれていたことで表情が強張る。

その反応すらも楽しむように〈剛鬼〉は言葉を重ねる。

「残念だったなァ、オレの代償(アンブラ)は——先払いだ」

「なっ!?」

後払いじゃないというなら、なぜ。

「それなら、なんであんなに焦って……」

「んなもん、オマエが絶望するザマを見たかったから、演技をしてたに決まってるだろうが。この前の〝借り〟を返せてねえからなァ」

この前、と聞いて思い浮かぶのはショッピングモールでの一件しかない。

オレは律儀なんだよ、とニヤつく〈剛鬼〉に、ヒナタは後ずさる。

「傑作だったぜ。オマエがすっかり勝った気でいやがるザマは」

「く……」

「前払いにしちゃあ長いこと動いてるから、その線は薄いと思って賭けていたんだろ？　残念だったなァ、ハハハ」

自分の思考が完全に読まれていたことで、ヒナタは頭が真っ白になる。

はっきり言って、〈剛鬼〉の見た目に騙されていた。

侮ってしまったと言ってもいい。

そのように誘導されていたのだ。

この悪漢はヒナタが思うよりもずっと慎重で狡猾だった。

それに気づいて、疑問に思う。

この狡猾な男が、呑気にネタばらしをしている意味はなんだろう、と。

ただの嘲り(あざけ)か。

しかし、それならばヒナタを動けなくしてからの方が確実で、この男ならそれを選ぶだろう。

だと、すると、

「ハハハァ、気づいたか。察しのいい奴は好きだぜ、反応がおもしれえからなァ。——ああ、そうだよ。オレの代償(アンブラ)は『蓄積』の先払い。敵の前で無防備であった時間が長ければ長いほど、天稟(ルクス)の効果と持続時間が上がる」

「そん、な……」

つまり、今この時間こそが『蓄積』の時間。

こうしている今も敵は天稟を振るうために力を貯めているのだ。

それを、自分を嘲るための嘘だと否定することは容易だ。

だが、ヒナタの頭脳はそれが嘘ではないと結論づけている。

だって、思い起こせば、ショッピングモールでも交差点でも、〈剛鬼〉は確かに自分の前で無防備な姿を晒していた。

「………っ、っ」

一刻も早く動かないと。

〈剛鬼〉に力を蓄積させる暇を作らせてはいけない。

だが、それももう遅い。

天稟（ルクス）が代償（アンブラ）の時間によってどれほど左右されるのかは分からない。

だが一度『蓄積』の暇を与えてしまった以上、限界の近いヒナタが逆転する未来など……。

あれほど凪いでいた心が、ざわざわと波立つ。

軽やかだった足は、地に根を張っていく。

手先は変わらず、冷え切ったままだ。

「惨めだなァ、羽虫？」

目の前に〈剛鬼〉という男が聳（そび）え立っていた。

その大男がゆっくりと腕を振り上げる。

――避けないと。

その思考さえも荒波に呑まれて消え。

避けられる攻撃を前に、一歩も足が動かない。

眼前の鬼が嗜虐的に口を歪めた。

「終わりだなァ！」

その拳が振り下ろされ、

「キミがね」

ヒナタの眼前、巨漢が真横に吹き飛んだ。

「え…………？」

轟音。

〈剛鬼〉の巨体は大通りを越え。

向かいの建物に叩きつけられていた。

それを為した声の主に目を向ける。

彼は上段を蹴り抜いた体勢でそこにいた。

黒いローブがはためき、鮮烈な彼岸花が宙を舞う。

「やあ、元気がないね。正義のヒロイン」

変わらぬ軽口。

「カイ、リ……」

ヒナタは因縁深きその男と、三度目の邂逅を果たした。

《分離》によって慣性を失い、踏みとどまれずに吹き飛んだ〈剛鬼〉を見て、俺は思う。

——今まで躊躇ってたのが馬鹿らしいな。

この世界に来てから今まで、一度として誰かに手を挙げたことがなかった。

それを自慢にしていたわけでもなんでもない。

単に余所者の自分がこの世界の誰かに危害を加えて良いはずがないと思っていた。

意外とそうでもない、らしい。

まあ、どちらにせよ推しに手とか上げられないし。

そういう意味じゃ、ルイが追ってこなかったのはラッキーだった。

さすがにマンホールの中は嫌だったと見える。

「……オイオイオイ、どういう風の吹き回しだァ？　〈乖離〉ィ」

〈剛鬼〉が壁を背に立ち上がる。

結構渾身の一撃だったんだけどピンピンしてやがりますね、はい。

「オマエは正義の敵側（こっち）だろうがよ」

「そうだね」

「なら、なんで邪魔しやがった」

「正義の敵だからこそ、かな」

「あァ？」

首を傾げて当然。

普通に考えて辻褄が合わない言い草だ。

でも、それで合っている。

「うちにいるのなんて、どいつもこいつも無法者ばかりだろう。組織の方針と関係なく暴れ回るキミみたいにね」

俺は指宿イブキにして〈乖離〉。

周りに従わない、悪の組織の一員だ。

「そんな、推しの敵になったので、ね。無法者らしく、やりたいようにやらせてもらうよ」

ちら、とヒナタちゃんを見る。

彼女は突如現れた敵の行動に戸惑っているようだった。

俺と〈剛鬼〉、どちらに警戒を割くべきか判断できずに落ち着きなく視線を交互させている。

「なあ、キミ」

「……なんですか？」

「俺と協力しない？」

「……協力？　何が目的ですか？」

訝しげに俺を見るヒナタちゃん。

あっれー、こんなに警戒されるようなことしたかしら？

……してたね、めっちゃ。

ここで「キミの助けになりたいからさ！」なんて言っても、どの口が言うかと白い目で見られるだけだ。

しょうがない、手頃な言い訳を使おう。

「あそこの〈剛鬼〉。俺の上司にとって邪魔な存在なんだ」

「上司……〈刹那（セツナ）〉ですか」

「ふふ、どうだろうね」

「……なるほど」

そうだ、とは言ってない。

意味深に笑っただけです。

上司なんていっぱいいるし、別に誰とは言ってないし？

……だから許してクシナ、俺のせいじゃない。

ヒナタちゃんは、理解はしたようだったが信用はできず迷っているようだ。

正直に言って、俺一人では〈剛鬼〉は絶対に倒せない。

俺の心持ちが変わろうと、俺の天稟（ルクス）が強くなったわけじゃないのだ。

さっき蹴り飛ばせたのはあくまで〈剛鬼〉の意識がヒナタちゃんだけに絞られていたから。

素人の俺じゃ正面から攻撃を当てることすらできないだろう。

……まあ、そもそも素手で殴ったりしたら『接触』の判定に引っかかって男二人が抱き合う地獄絵図がこの世に顕現するんですけどね。

なんだこの天稟（ルクス）死ぬほど使い勝手悪いな（n回目）。

「キミは俺を信用できないだろうけど、俺がキミを助けたことには変わりない。その点だけでも、いま背中を任せる理由にならない？」

「……」

ヒナタちゃんは気持ちの折り合いをつけるように一度瞑目し、

「わかりました」

ゆっくりと目を開く。

「どのみち、わたし一人じゃ勝てませんからね。……ただ、あなたがわたしにしたこと、忘れませんから」

「あはは……――それじゃ、即席のペアってことでよろしく」

「調子に乗らないでください。わたしの相棒（パートナー）は一人だけです」

こちらを睨みながらも、ヒナタちゃんは俺の隣に並んだ。

「――ああ、そうそう」

俺は肩を竦めて〈剛鬼〉を見る。

「前回の勧誘の答えだけど――お断りするよ」

「そうか、じゃあ――死ねッ！」

戦いの火蓋が、再び切られた。

◇◇◇◇◇

俺たち三人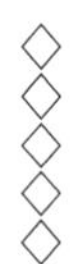に残された時間はそう長くない。

ヒナタちゃんも〈剛鬼〉も、様子を見るに代償はギリギリのところまで迫っている。

俺も例外ではない。

《分離》の際、打ち消すエネルギーが大きければ大きいほど代償の接触衝動も大きくなる。

ただでさえ天稟を多用している現状。

身体強化型の〈剛鬼〉の攻撃なんぞ何度も分離しようものなら、あっという間に限界が来るだろう。

持って、二、三発。

それで勝負が決まる。

「傍陽隊員」

「………。なんでしょう」

「詳しく説明する時間がない。――思いっきり〈剛鬼〉を殴れ」

「思いきり？」

「そ。何も考えずに全力で殴れば、さっきの俺みたいに攻撃を通せる」

詳しく語らずとも、こちらの天稟だろうことは伝わるはず。

ヒナタちゃんが内容を咀嚼し、返事をする前に、

「ちなみに俺は後方支援型なんで前衛はよろしく！」

「え、――えっ!?」

向かってくる〈剛鬼〉を見て、すっと後ろに下がる。

独り残されて慌てるヒナタちゃんに内心で謝った。

できれば前に立って守りたいところだけど、無理なものは無理。

俺がやられたら共倒れだからね。

「お前からくたばれ、羽虫ィ！」

「く……っ！」

ヒナタちゃん目掛けて〈剛鬼〉の一撃が迫る。

彼女は横っ飛びに、それを避ける。

しかし強烈な飢餓感のせいだろう、動きは精彩を欠いていた。

そこへ見舞われる次撃。

避けきれないと悟った少女が少しでも防ごうと腕を交差して、

――【接触】〈剛鬼〉およびヒナタ【分離対象】〈剛鬼〉

〈剛鬼〉の拳が、運動エネルギーを失う。

「――――」

コンマ一秒にも満たない攻撃の不発。

されど思わぬ不発に両者の意識には、確かに空白が生じる。

より早く状況を解したのは――――思考すら加速させているヒナタちゃん。

疾風の如く身を翻すと、巨体の懐に潜り込む。

「はあああああッ!!」

地を踏みしめた足から起こるエネルギーは、脚から腰へ。

背を駆け上がり、腕を伝う。
全身の捻りによって増幅され――その流れすらも加速。
全てを込めた拳が思い切り振り抜かれた。
天秤の意匠が施された鉄籠手（ガントレット）が、正義の裁きとなって敵に衝突する。
その瞬間。
――【接触】〈剛鬼〉およびヒナタ【分離対象】〈剛鬼〉
防御というのは抗うことだ。
地に足をつき、全身を持ち堪えることから始まる。
だから、その流れを根本から断ち切る。
場に留まろうとする慣性すらも無に帰すのだ。
「これが答えだ、クシナ」
小さく呟き、彼女に課された問いを思い返す。
――貴方の課題、それは攻撃手段が皆無なことよ。
今の俺に武器はない。
けれど、誰かの武器を研ぎ澄ますものにならば、なれる。
推しの敵になったけど、それでも彼女達の背を押せる自分であれたなら――。
「いけ、傍陽ヒナタ……ッ！」
ヒナタちゃんの能力は《加速》。

それに伴う反動を打ち消す効果はなく、ただ加速度を操るのみ。

全力を出せば反動によって彼女自身の腕が壊れてしまう。

ゆえに彼女は普段、天稟（ルクス）の加減をしている。

その反動を失くしてしまえば、どうなるか。

加減など考えねば、どうなるか。

「ぐ、おァあああ……っ⁉」

自らを壊すほどの一撃が、ノーガードの〈剛鬼〉へと叩き込まれ、

「――――」

巨体が、視界から消えるほどの速さでかき消えた。

少し離れた背後の雑居ビルへと吹き飛び、

「……え」

破砕音。

コンクリートの壁に風穴を開けて、〈剛鬼〉はその向こうへと消えた。

「えええええっ⁉」

ヒナタちゃんが自らの一撃の威力に驚き、俺も予想を超えたそれに唖然とする。

「うわお……」

あと二、三発は耐えられると思っていた代償（アンブラ）の衝動が一気に限界まで振り切れてしまった。

おそらく完全に俺を信用していたわけじゃないだろう。

多少の加減はまだ残っていたはずだ。

それでもなお、主人公(ヒナタちゃん)の一撃はそれだけの破壊力を誇ったのである。

「…………」

いくらかの時間が過ぎても〈剛鬼〉が姿を現す様子はない。

痛いくらいの静寂の中で、ようやく肩の荷を下ろすと同時、

「くっ……」

嵐のように襲いくる、代償(アンブラ)の接触衝動。

近くにいるヒナタちゃんに抱きついてしまいそうな身体を、意地で抑え込む。

「あ……ぅぐ」

驚きから覚め、ヒナタちゃんの身体もくずおれた。

膝をついた彼女は全身を苛む飢餓感に歯を食いしばっている。

互いに満身創痍。

人気(ひとけ)のない大通りで、祭りの飾りが寂しげに揺れている。

静かな空気が、場を支配していた。

共闘の後で讃(たた)えあう――そんな仲じゃない。

正義の味方が立ち上がる。

「さあ……、こちらも、決着をつけ、ますよ……」

身も心も飢えに蝕(むしば)まれ、顔を歪めたまま。

それでも彼女は、悪に対峙した。

正義（推し）の敵になったのだから、それは逃れられない結末だ。

ここから、どうするか――。

――瓦礫が崩れ落ちる音が、聞こえた。

絶句する俺たちが目を向けた先に、

「はあ、はア……――は、ははは、ハハハハハッ！」

壁に空いた大穴から、がらがらと音を立てて巨漢が姿を現した。

「う、そだろ……」

ロクな防御もできずにあの一撃を受けてなお、耐え切るだけの身体強化とか。

いくらなんでも、デタラメすぎるぞ……。

「やってくれるじゃ、ねェか」

さしもの大男もダメージは免れなかったらしく、ところどころ血に塗れている。

けれど〈剛鬼〉には、代償（アンブラ）という縛りがない。

対して、俺たちは既に限界を迎えていた。

蒼白い顔で唇を噛み、浅い呼吸を繰り返すだけのこちらを見て、〈剛鬼〉は嗤う。

「オイオイそんな顔してどうしたァ、お二人さんよォ」

「………ッ」

まだっ、まだ何かできることは……！

みっともなくとも最後まで足掻けば、何か――。

「……ああ」

――無理だ。

できることなんて、何も無い。

「喋る余裕もねえかよ、つまんねェな」

激しく息をしながらも、〈剛鬼〉には口を動かす余裕がある。

俺と同じで物も言えぬヒナタちゃんの前までやってくると、

「くう、あ……っ」

自分を睨みつけるだけの彼女の首を掴んだ。

「とんでもねえ一撃かましてくれたじゃねェか、女ァ」

「うぅ……」

ヒナタちゃんの足が地面から離れ、小柄な身体が持ち上げられる。

「――――」

彼女の苦しそうな表情を見た途端、灼熱のように胃が沸いた。

無意味だと分かっていても、限界を超えて《分離》を発動させようとする、が。

「ふん、おらよッ」

〈剛鬼〉はこちらが発動させるより前に、ヒナタちゃんを俺に投げつけた。

咄嗟に受け止めようとして、

「あう……っ」

「うぐっ……！」

二人もつれあって路面に転がる。

そして──『接触』の代償が発動した。

腕の中のヒナタちゃんを強く抱きしめる。

「きゃう……！　なにを！　こんな、時にッ！」

「ごめんっ、ちがっ」

一度代償が発動してしまえば、払い終えるまでは止められない。

つまり、抵抗の機会すらも、俺たちは失ったのだ。

「くそ……」

地に伏せたままのこちらを嘲りの表情で見下ろしながら〈剛鬼〉が歩いてくる。

それを視界に入れつつ、けれど。

「ご、めん……」

俺の意識は代償の支払いへと、完全に呑み込まれた。

◇◇◇◇◇

〈乖離〉の腕に囚われたままのヒナタは、暴れることすらできないほどの空腹感に襲われていた。

「──……うう」

できることなど、もはや無い。

せめてもの抵抗とばかりに、膨大な飢えを耐え忍ぶ。

それも長くは保たず、

「……………ぁ」

飢餓感によって、意識が朦朧としていく。

そして――――はじめに思考を覆う靄を揺らがせたのは、嗅覚だった。

(あれ、これ……この、匂い。この前、どこかで……)

木造建築の、人と過ごしてきた杉のにおい。

丁寧に天日干しされた服の香り。

うっすらと纏った珈琲の薫り。

場違いにも脳裏をよぎったのは、大切な人たちの声音だった。

――ああ。人の家の匂いってなんか覚えてたりするよね。昔のこととかも思い出すし。

――プルースト効果ね。香りによって記憶が呼び起こされる現象。嗅覚って人の記憶と直結してるのよ。

「――――ぁ」

自分を抱く腕。

押し付けられる黒いローブの匂いが、思い起こさせる。

昔、あれほど通い詰め、今ではすっかり訪れなくなってしまった。

それでも忘れられない懐かしい香りが。

いつ視ても紗幕(しゃまく)をかけられたようにボヤけていたフードの奥を揺らがせる。

(うそ……そんなわけ、そんな――……っ)

否定しようとする心の奥で、散らばっていたパズルのピースが光る。

――それじゃあ、またね、ヒナタちゃん。

――傍陽隊員。

初めて敵対した時の呼び方、そして初めて肩を並べた先ほどの呼び方。

なぜ名前を知っていたのか、なぜ知っていることを隠そうとしたのか。

(そんなわけ、ないのに。なのに、どうして――)

フードの奥に、世界で一番、誰よりも■きな人の顔がある。

迫る死への恐怖が見せる幻覚なんかじゃない。

むしろ今までのまやかしは晴れ、澄み切っている。

「――――」

お兄さん――指宿イブキだ。

ヒナタが兄のように慕う、青年だ。

疑いようのない、その素顔。

なぜ、暗く黒いローブの、仇敵の姿で……いや。

ヒナタの胸の内を締め付けるのは、都合の良すぎる考え。

ショッピングモールでも、たった今も。
自分が危険な時にこそ姿を現した彼の真意。
(わたしを、守るため……?)
そうとしか考えられない。
気づいてしまえば、そうとしか思えない。
思いたくない。
(ああ……もう……)
真実の紗幕は取り払われてしまった。
彼の素顔を、そして自分の素直を覆い隠していた、偽り。

■■■■
好きな人が、目の前にいる。

心の深いところから広がる熱に、他の全てがどうでもよくなっていく。
加速なんてしていないのに、全てがゆっくり流れ出す。
甘く痺れる頭が、やけに明瞭に導きの灯火を照らした。
思考が歩む先は、こんな状況で抱きしめられている理由だ。
〈乖離〉がイブキならば、妨害のために自分を押さえつけるわけがない。
のっぴきならない事情があるに決まっている。

では、それは何か？

（……まさか）

真実が一本の道として繋がったからこそ、街灯のように記憶が照らされていく。

逃亡劇を繰り広げた後、不意に抱擁を受けたこと。

氷菓をキャッチした後、いきなり手を繋いだこと。

（あとは、その、すごい、いっぱい抱きしめられ……～～～っ）

ゆだる頭に反して、思考はいっそう加速していく。

イブキの天稟（ルクス）は元々知っていた。

代償（アンブラ）は「恥ずかしいから」と教えてもらえなかったが、今なら分かる。

天稟（光）が《分離》。

その代償（影）は『触れること』だったのだ。

性質からしてほぼ確実に自分と同じ促成展開型。

だから、思い至ることができた。

いや、思い至ってしまった。

接触の〝程度〟と、支払いの〝時間〟が反比例することに。

ほんの少し使っただけでも手を繋いで一分以上。

たくさん使ったあとでも抱きしめて三十秒ほど。

——じゃあ、それ以上の接触なら……？

きっと、時間は短くなる。
それに思い至ってしまうと同時、ヒナタの思考回路は檻(おり)に閉ざされた。
囚われてしまえば、二度と脱出できない檻へと。
(この状況(ピンチ)を抜け出すため……そのためだから、しかたないんです)
誰かに、あるいは自分に言い訳するように、そう思い込んだ。
心奥から湧き上がるは、衝撃で忘れていた狂おしいほどの飢餓感。
(欲しい………ほしい………っ)
その飢えに突き動かされ。
満たされるために身を任せる。
だって、欲しくて堪らないのだ。
「んぅ……」

——あなたの、唇が。

◇◇◇◇◇

代償(アンブラ)の接触衝動が引いていく。
波打ち際で二つの足跡が残るように。
浮上した意識は俺と彼女、二人だけを認識する。

砂浜に立つ自分の足が、流れる海水と砂に引きずられるように。

唇に押し付けられた柔い感触が、深みへと俺を連れて行こうとする。

そして、

「んんんんんんんんっっっ！？！？！？」

状況を理解した。

嘘です全く理解できません。

ああああああああっ、お、推しと、キキキキキキスしてるっっっっ！？！？

なんでっ！？？！？

——分かんない！　覚えてない……っ!!　——え、覚えてない……？

まさか……代償ぁっ!?

せ、『接触』の衝動に任せて、俺がヒナタちゃんに口付けをっ！？！？

全くもって思考が纏まらない。

纏まらないが、悠長に纏めてる場合でもないッ！

「んむ……っ、ぷは」

「ん、ヒ、ヒナタちゃん！」

「——……ぁ」

急いで肩を掴んで引き離し、彼女の瞳に理性の光が宿ったのを見て、頭を下げる。

「ごめんなさいいいいいいいいいいいっ！」

「……え？」

とにかく謝るッ。

謝り倒すッ。

そのあとで腹を切るッッ!!

「ほんとにっ、わざとじゃなくて⁉　事故でっ。だから、ヒナタちゃん的にノーカンというかっ、まだファーストキスは残ってるっていうかっ⁉」

「……………」

熱に浮かされたように頬を染め上げていたヒナタちゃんが、ぱちぱちと瞬いた。

それから状況を理解したように「ああ」と呟き――――唇が、悪戯っぽく弧を描いた。

「事故で、奪っちゃったんですか？　女の子の、初めて」

「――――」

息が止まった。

それどころか全身が硬まった。

桃色の瞳は潤み、いつもより紫がかって怪しく光る。

唇は艶めていて、吐息はひどく熱い。

とんでもないほどの妖艶さを含んだ表情だった。

「あ……いや……」

「ふふ、悪い人ですね？」

「………」

「ああ、そういえば女(わたし)の敵でしたもんね」

……待って、なんか違くない？

俺の知ってる可愛いヒナタちゃんじゃなくない……？

甘い微笑みに、がつんっと頭の中を直接ぶん殴られたかのような衝撃に襲われる。

その衝撃と言ったら、〈剛鬼〉の一撃なんか目じゃないくらいで……──。

「なんだテメエら、イカれたのか？」

うるさいわっ、イカれ野郎のくせにっ！

そのイカれ野郎は、俺たちまで数歩の場所にいた。

距離の近さから考えて、代償(アンブラ)による意識の空白は一〇秒にも満たないであろう。

けれど、支払いはとっくに終わっていた。

いつもなら絶対に間に合わないはずのタイミングだったのにもかかわらずだ。

「気分も悪ィし、とっとと終わらせてやるよ」

剛腕が持ち上げられ、振り下ろされる。

反射的に、天稟(ルクス)を使おうとして、

「──」

それよりも早く、加速の天使が動いた。

両手で俺を掴んだ彼女が一瞬で後退したのだ。

人の身に余る速業に、唖然とする。

「《加速》⁉　ヒ……キミっ、代償（アンブラ）は⁉」

俺を支えるように膝で立つ彼女を、振り向いて見上げる。

するとヒナタちゃんは、まるでフードに隠されているこちらの驚愕の表情が見えているかのように笑った。

「わたし、今すごく満たされているんです」

こちらを覗き込むように、やけに幸せそうな笑顔を向けられて押し黙る。

色々と起こりすぎてちょっとキャパオーバー気味なのかもしれない。

彼女も俺も。

〈剛鬼〉が苛立たしげに歯を剥く。

「どういうことだァ……？　なんで代償（アンブラ）がなくなってやがる」

その苛立ちは鬱陶しさゆえのものではなく、敗北への焦りからであるのは明白だった。

俺たちは、二人揃って立ち上がると、

「〈乖離〉さん、もう一度頼んでいいですか」

「……ああ」

「攻撃は任せてください。今度こそ、全力でやります」

彼女はざっと地面を蹴って、飛び出した。
「――――っ!?」
俺と〈剛鬼〉の驚きが重なる。
彼女の速度は先ほどまでの比ではなかった。
《加速》の天稟(ルクス)は「速くなる」だけじゃない。
予備動作なしでトップスピードまで「加速度を操る」ことも当然できる。
後先など考えずに振り切ればの話だが、彼女はそれを躊躇わない。
まるで、着地のことを考えていないかのように。
まるで、自分の身体を信頼する誰かに預け切るように。
「なにィッ……!?」
〈剛鬼〉には突如目の前に彼女が現れたように見えていただろう。
それを、俺の眼は正確に捉えていた。
鉄籠手(ガントレット)の右フックがクリーンヒットし、《分離》。
防御不能の一撃が〈剛鬼〉の体内で弾け、巨体は軽々とかっ飛ばされる。
天使の攻勢は終わらない。
ヒナタちゃんは、さらに《加速》してそれを追う。
水切りの石のように跳ね飛ぶ〈剛鬼〉の正面に回り込むと、
「――――ッ」

渾身の正拳突きを見舞った。

再び激突の瞬間に《分離》。

〈剛鬼〉にかかるエネルギーが無となるが、間髪入れずにそれ以上の衝撃に襲われ、吹き飛ぶ。

天使の《加速》は天井知らずに昇っていく。

それに比例して威力も増していく。

今の時点で、ヒナタちゃんの速度は確実に弾丸を上回っていた。

けれど、まだ上がる。

一瞬で元の位置に戻って、〈剛鬼〉を蹴り上げる。

それも当然《分離》し、――直後にもう一度《分離》。

対象は、地面と天使（ヒナタちゃん）。

俺が跳躍するのと同じ要領で。

けれど彼女は俺と比べ物にならないほど速く、高く、跳び上がる。

「ぐ、がは……っ」

「これで――」

血を吐きながら宙を舞う〈剛鬼〉に追いつき、上下反転。

「終わりですッ!!」

惚れ惚れするようなオーバーヘッドキックをぶちかました。

最後の一撃を《分離》した瞬間。

これまでで最大の代償(アンブラ)に襲われる。

——それはまるで、星が堕ちるように。

鞠(まり)のように蹴飛ばされた〈剛鬼〉は、俺の眼でも追えぬ速度でかき消えた。

そして、先ほどと同じビルへと墜落し——轟音。

地を揺るがすほどの力でもって、

「…………まじで？」

そのビルが、ず、ず、ず、と鈍い音を立てて、中間層から傾いた。

その勢いのまま、信じがたい破砕音を立てて潰れるように崩落していく。

「——受け止めてください！」

「…………っ」

呆然としていた俺は、頭上から聞こえた声に反射的に体を動かしてしまう。

堕ちてきた天使を、《分離》してキャッチ——あ。

「ああっ⁉　しま……っ⁉」

「きゃあ♪」

代償(アンブラ)の支払いで頭がいっぱいになっていく俺を置いて。

心なし楽しげな悲鳴が、腕の中で上がった。

——その直後。

「「わあああああああああ！？！？」」

崩落で舞い上がる砂埃に俺たちは巻き込まれた。

……そりゃそうだよね！

「――――」

暗転していた意識が戻る。

開いた目に映るのは澄んだ蒼天（そうてん）だった。

どれほどか分からないが気を失っていたのだと理解する。

同時に、自分が見逃されたということも。

痛みにあちこちを蝕まれながら――雨剣ルイは身を起こした。

意識を失う直前までの記憶を思い出しても、自分の身に何が起こったのか――〈刹那（セツナ）〉が何をしたのか、その一端すらも理解できなかった。

何が起こったか理解できない、という台詞はこの天稟（ルクス）社会ではよく聞くものだ。

大抵の場合それは、想像を超えた事態を前にして、脳が理解を拒んだ末の台詞にすぎない。

しかし、アレは絶対に違う。

理解とか理屈とか、そういったものでは追いつけない。

事実、ルイは知覚すらできなかった。

（あの女の天稟（ルクス）はどこまで……いや、まさか――）

と、思考の海に沈みこむ直前。
突如、大地を揺るがすような轟音が周囲に響いた。
(――っ、誰かが戦っている?)
ルイは音の出どころを探ろうと空中へと舞い上がり――目を疑った。
さっきまでは確かにあったはずのビルが一つ消えている。
代わりに土埃が、立ち上っていた。
「誰があれを……敵……?」
直に手隙の天翼の守護者(エクスシア)が集まってくるだろう。
そう思いながらも、その場に急行する。
やがて砂の煙が晴れていき、ルイの目に二人分の人影が映る。
「っ! ヒナ……と、――あの男ッ!」
二人の距離は近い。
ヒナタがイブキに何かを言ったのが見えた。
――その表情には、一切の嫌悪がない。
正体不明の嫌な予感が背筋に走る。
考えるよりも先に、自身の出せる最速で降下。
二人の中間点に長剣を垂直に突き立てた。
「うおあっ!?」

「きゃ……！」

二人が弾かれたように距離を取る。

ルイはヒナタの傍に着地すると、血相を変えて尋ねる。

「ヒナ！　怪我は⁉　あの男――〈乖離〉に何かされてない⁉」

ヒナタを背に庇い、ローブ姿のイブキを睨みつける。

「おおお俺は何もしししし、してない⁉」

「よし分かった殺すッ！」

声を裏返らせるイブキに一斉に鋒を向ける。

「ル、ルイちゃん……」

背後のヒナタが困ったような声を上げ――次の瞬間、ころっと空気を変えた。

「えへへ、ルイちゃん！　会いたかった！」

「――ふぁあ⁉」

背後から、凄まじく柔らかい感触。

自分の両脇から、親友の両手がお腹へと回されていた。

抱きつかれている。

ヒナに。

いつも自分からこんなことしてくれないのに！

「ちょ、ちょっと待って、ヒナ。とてもかなりすごく嬉しいのだけれど、い、今は……っ！」

「どうして……？」

純粋で、ただ疑問が発露しただけのような物言い。

けれど、ルイは自分が尋問を受けているような気さえした。

「いやだって、敵が！　生かしてはおけないカス野郎が目の前に！」

「敵……もういないよ？」

「え……？　――なっ⁉」

意識を戻せば、既にそこには誰もいなくなっていた。

忌々しい彼岸花の黒ローブ姿がない。

「に、逃がしたっ！　ヒナっ、なんで⁉」

「えぇ？　だって、ルイちゃんが来てくれて嬉しかったんだもん……っ」

「ふぁああ⁉」

――なにか……なにか違う……！　ヒナが、すごく甘い……！

ルイは仇敵のことすら頭から追いやった。

というかキャパシティ的に追い出すしかなかった。

「な、な、な……ヒナ、アナタなにか――」

「えへ、大好きだよ？　ルイちゃん」

「ふぁあああああっ！」

――親友（ヒナ）が尊すぎて死んじゃう！　誰か助けてっ‼

ルイの心の叫びは、幸か不幸か誰にも届くことはなかった。

「…………ふふっ♪」

終幕　天使／ウラ

【循守の白天秤(プリム・リーブラ)】第十支部、最上階。

赤絨毯の敷かれたその階には、二つの部屋がある。

一つは支部長室。

〝室〟と銘打っておきながら、その部屋はテニスコート一面が入るほどに大きい。

置かれているインテリアは豪華絢爛にして豪壮華麗。

現在、第十支部長は本部へ出向していて不在だが、その部屋は美しく保たれていた。

それを行なっているのは副支部長、信藤(しんどう)イサナだった。

本来なら職務外の労働。

けれど、彼女のメイド服は伊達ではない。

勝手気ままな支部長をはじめとして問題児だらけの第十支部の面倒事(お世話)を、イサナは一手に引き受けている。

最上階のもう一つの部屋こそ、そんな彼女の安全地帯(セーフルーム)であった。

「ふんふん、ふふーん♪」

上機嫌にデスクワークをこなすイサナ。

山のように積まれていた書類がみるみる消えていく。

不在の支部長の物も代理でこなしているはずだが、その捌き様に一切の陰りはない。

というか支部長がいようがいまいが、彼女の分の仕事はイサナがやっているので普段と変わりない。

「うげっ」

突然手を止めたイサナが凝視するは一枚の書類。

題は――『先の大規模攻勢におけるビル破壊の正当性について』。

「…………」

イサナは無言で見なかったことにした。

それから、ガックリと項垂れた。

「くっそぅ……。問題児しかいないじゃん、この支部……」

傍陽ちゃんはマトモだと思ったのになぁとボヤきながら、ずり落ちそうになった三つ編みカチューシャを手で押し上げる。

心を鋼にして一時間もしないうちに書類の山を処理した彼女は、

「よっし。――――じゃ、あとはこれか」

唯一デスクに残った一枚の便箋に手を伸ばす。

まだ誰にも開けられていないことを確認してからその封を切ると、三つ折りの報告書を広げた。

「ふむ……」

いつになく真剣な面持ちで読んでいた彼女は不意に顔を上げ——その紙にライターで火をつけた。

炎は端から広がっていき、紙は灰へと変わっていく。

「ついに第三印までもが明滅を始めてしまいましたか」

手を離せば、落ちゆく火紙は床に辿り着く前に燃え尽きた。

おもむろに、イサナは窓辺に歩み寄る。

「彼女の視た悪夢は、もう目前まで迫っているのですね……」

憂いに揺れる瞳に、普段の陽気さは無い。

眼下には、未だ普請中（ふしんちゅう）の桜邑の街並みが広がっていた。

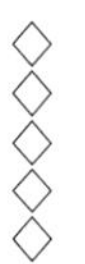

指宿邸は屋敷と呼ぶにふさわしい、都会にあって珍しい日本家屋だった。

されど内装まで純和式かと言うと、そうでもない。

畳敷きの居間もあるにはあったが、もっぱら利用されるのはいわゆるＬＤＫ。

リビング、ダイニング、キッチンが一体化した洋風の部屋だ。

その壁づけされたキッチンの前に、エプロン姿の女子大生——櫛引（くしびき）クシナが立っている。

『先週行われた百年祭。その五日目に副都心桜邑で起こった大規模襲撃は、街並みに今も大きな爪跡を残しています』

テレビから流れる実況中継を流し聞きしながら、手際良く調理を進めていく。

彼女が醤油差しを取ろうと調味料ラックに手を伸ばし――その手が、空を切った。

一瞬きょとん、としてから、むっと眉根を寄せる。

「イブキ、貴方また醤油差しの戻し場所を間違えてるわ。いい加減、覚えるように前々から言って――って、あら?」

背後に向けた小言が、まったくの無反応で返されて、クシナは振り向く。

そこには黒革のソファが、クシナと背中合わせになるよう置かれていた。

これは料理姿を見られるのを恥ずかしがったクシナが、そう配置するよう家主に命じたからだ。

いつも通りのリビング・ダイニング。

けれど、そこには見慣れた幼馴染にして家主でもある青年、指宿イブキの姿は見えず――代わりに少女が一人、座っていた。

その少女に向けて、クシナは尋ねる。

「ねえ、ヒナタ。イブキは?」

傍陽ヒナタ。

最近になって再びこの家によく遊びにくるようになった、クシナの可愛い妹分である。

小さい頃に一緒にいた時間は決して長くはなかったが、もう一人の幼馴染と言っても差し支えない大切な存在だった。

そんな彼女は、首だけでこちらを振り向くとほんのり苦笑した。

「お兄さんなら、たった今そろりと抜け出していきましたよ」

「……はあ、逃げたわね。まったくもう」

しょうがないわね、とため息を吐きながらクシナは料理に戻った。

「ふふ、本当にしょうがない人ですよね」

――その背後で、少女が蠱惑的に目を細めたことには気づかずに。

◇◇◇◇◇

「――ね？　おにーさん♪」

背後のクシナに聞こえない程度の声量で囁くヒナタ。

その顔に浮かぶ妖艶な笑みを――――イブキは息を潜めて見上げていた。

クシナからはソファの背に隠れていて見えないだろう。

なにせイブキはいま、ソファに身を横たえている。

目線の先には豊かな双丘と、その向こう側の推しのご尊顔。

そしてなにより、後頭部の柔らかい感触。

現状を端的かつ的確に表すなら、こうだろう。

「どーですか？　わたしの、膝枕」

イブキは考えた。

――分からなかった。

「……………………？？？？」

目はまんまるに見開いて、口はにっこり。
脳内で疑問符が日本三大急流の如くオーバーフロー。
ふじみのくまさんもがいてる。
なぜ、いまなのか？
なぜ、クシナの後ろでなのか？
てか、そもそもなんで膝枕されてんの？
なぜ、ヒナタちゃんはとっても機嫌が良さそうなのか？
なぜ、ヒナタちゃんはこんなにもいい匂いがするのか？
なぜ、ヒナタちゃんは超弩級にかわいいのであろうか？
そんなことに疑問を抱くな、ヒナタちゃんがかわいいのは普遍の事実だろ。
イブキは悟った。
（推し想う故に我あり即ち我が生涯に一片の悔い無し）
デカルトもいい迷惑である。
過去の哲人の威光など今のイブキにとっては路傍の石ころ同然だった。
けれど、ふとクシナのことを思う。
すぐそこで背を向けて、料理をしている幼馴染。
彼女はきっと、イブキがヒナタにこんなことをされているなんて思いもしないだろう。
別に何というわけでもないが。

なんとなく申し訳ないような心地がする。

かすかな、されど確かな居心地の悪さを感じたイブキが身じろぎした時。

「ふふふ」

ヒナタの、妹代わりの少女の、——最推しヒロインの。

彼女の手が優しく、妖しく、イブキの髪を梳いた。

少女の顔には、どうしてか最近よく見せるようになった蠱惑的な表情が浮かぶ。

(あっ、その顔ズルい——————)

オタクは死んだ。


(おにいさん、かわいい)

ヒナタは胸の内からあふれる愛おしさのままに、膝上の青年の頭を撫でつづける。

半身のような幼馴染のすぐ傍で、隠れるようにして妹のような少女と。

言ってしまえば背徳的な現状に、彼は目を回していた。

そうして慌てる姿を見れば見るほど、普段手を引いてくれる彼との差異に胸がときめく。

(ごめんなさい、クシナちゃん)

イケナイことをしている。

その自覚はある。

(でも、しかたないの)

別に二人の関係を壊そうとなんて思っていないのだ。

時々こうして、ほんの少し、味見をさせてもらうだけでいい。

そうするだけでヒナタの飢えは満たされる。

そして、イブキの代償（アンブラ）も解消される。


なんと歪んだ（とっても素敵な）、共依存（シンビオーシス）。


（こんな効率的なこと、しない方が非合理的（もったいない）でしょ？）

むしろ、我慢し続けるほどに毒はより濃く、深くなるだろう。

そんな事態を避けるためにも、適度な味見は不可欠だ。

今は……『お兄さんとヒナタちゃん』は、このくらいの距離でいい。

けれど、そう、例えば――――。

◇◇◇◇◇

――カラン、カラン。

扉が開き、鈴が鳴った。

客の姿を確かめて、カフェの店主、馬喰ユイカは笑う。

「あらぁ、ミオン。おととといきやがれ～」

「おー、邪魔するぜ。……ホントに邪魔してるみたいだな、その挨拶」

微妙な表情を浮かべるのは〈紫煙〉化野ミオンだ。

彼女はきょろきょろと辺りを見回す。

「あん？〈刹那〉の奴来てんじゃねえの？」

「クシナちゃんならまだいるよぉ」

「なんだ一足遅かったか、せっかく揶揄ってやろうと思ったのに」

カウンターにどっかりと腰を下ろすミオンを見て、ユイカはにまーっと笑った。

「……んだよ？」

「いや～？　本当、クシナちゃんのこと大嫌いよね～」

「ああ、そりゃもう……──いや、好きじゃねえからな！　ややこしいな、オマエは！」

「ふふふっ」

「ちっ。いつもの寄越せ、腹黒店主！」

「はぁ～い」

くすくすと笑って、ユイカは急須を手に取った。

ミオンはカウンターに肘をついて煙管を吹かすと、

「あいつ、帰ってきたら死ぬほど揶揄ってやる」

そう、嘯いた。

美しい緋色の刺繍で彼岸花が描かれた、黒いローブ。

俺は日常生活から逃げるように、〈乖離〉の装いへと姿を変えていた。

どんな心境の変化があったのか分からないが、最近のヒナタちゃんはちょっと、俺には毒すぎる。

キュートなパワーとかで浄化されちゃいそう。

なにせ悪の組織の一員なので。

これから天翼の守護者（エクスシア）との戦いだというのに、なんだか家にいるよりも落ち着く気がした。

「…………。はい、もういいわね」

そう言って、俺と同じローブ姿の女が離れた。

直前まで感じていた温もりが消え、支払いによる浮遊感から意識が戻ってくる。

女はフードを深くかぶっていたが、その正体がよく知る相手——櫛引クシナだと知っている俺からは素顔が見えている。

目を向けると、クシナはローブの長い袖で口元から頬にかけてを隠した。

「ここへ来るまでの代償（アンブラ）の清算は終わったでしょ。もう万全なんだから、早く行きなさい」

「りょうか〜い……」

まだふわふわした感じが残る頭で間延びした答えを返す。

すると、なぜかクシナは「もうっ」と言って、こちらに指を突きつけた。

「か、帰ってきたら、また、その……だ、抱きしめてあげるから、がんばりなさい」

「────」

耳まで真っ赤にして目を逸らす幼馴染に、どきっと鼓動が高鳴る。

「わ、わかった……」

なんだか勘違いされている気がしたが、訂正できるほどの余裕もない。

慌てて頷いて、踵(きびす)を返す。

「いってきます!」

言い残して、飛び出す直前。

「うん。……いってらっしゃい」

少し照れくさそうな、そんな台詞が耳に届いた。


「来たね」

少し前に〈剛鬼〉が暴れたという交差点。

そこからまっすぐに伸びた国道のど真ん中で、俺は構えていた。

そこへ、一人の天翼の守護者(エクスシア)がやってくる。

……彼女の担当する区画からは二つ三つ離れているはずなのだが、たまたまだろうか?

まあ彼女の天稟(ルクス)を考えれば、現場に急行する速さがピカイチなのは納得できる。

素直に幸運だった、と思っておこう。

俺はこうして〝推し〟を間近で見るためにここにいるのだから。

「今日こそあなたを、捕まえてみせます」

登場するなり拳撃を見舞ってきた彼女の――【循守の白天秤(プリム・リーブラ)】の若きエース、傍陽ヒナタの視線がまっすぐにこちらを射抜く。

「……っ」

くうっ、今日も推しがかっこいいいいっ！　そしてかわいいいいいいいっ!!　カッコイイだけでも神なのに、カワイイまで付いてくるとか正気ですか？　ヒナタちゃんマジ二相女神っ！

今日も今日とて推しの尊さを噛み締める。

そしてフード越しに、彼女の姿を目に焼き付けようと……、

「………ん？」

ふと違和感を覚える。

その正体にはすぐに気づいた。

彼女の隊服だ。

ボトムスが、スカートに変わっている。

たしかに本来、『わたゆめ』のヒナタちゃんの隊服はスカートだった。

しかし最近起こった〝とある事故〟以降、ショートパンツに変更したはずだったのだが……。

「行きますよッ」

関係ないことに心を奪われていると、ヒナタちゃんが地を蹴った。

相変わらずの速さ。
けれど、俺の目にははっきりと視(み)えていた。
ヒナタちゃんが繰り出すは、鉄籠手(ガントレット)による横殴り(フック)。
その初動と同時に腰を落とし、かいくぐるようにして回避する。
息もつかせず、彼女の脚が鞭のようにしなった。
鉄脚甲(グリーヴ)に包まれた脚撃がこちらの頭を狙ってくる。
鉄籠手(ガントレット)と同じで、あれ越しであれば『接触』の対象にはならない。
その鉄脚甲(グリーヴ)が手に触れた瞬間、《分離》を発動。
エネルギーが消失したその一撃を受け止める。
そうして、はっきりと目に映してしまった。
――高く上がった脚の、その付け根までを。
「!?!?!?!???」
俺は考えた。
――やっぱり、分からなかった。
なんでスカートに戻したのおおおおおおおおおっっっ!?!?!?
凝視なんてするわけにいかない。
俺は受け止めた体勢のまま。
外眼筋をフル稼働させ、目だけを横へ向ける。

「…………お、女の子が足癖の悪いことをすべきじゃないと思うなあ」

かろうじて、震えそうな声音で軽口を言う。

しかしヒナタちゃんは、まるで俺が目を逸らしたのが視えていいいいいいいるかのように余裕ありげに微笑んだ。

「普段は両手しか使いませんよ。――あなただけ、です」

「い、意味が分からないんだけど」

「両手だけじゃ足りないほどの強敵だっていう意味ですよぉ……？」

くすくす、と笑顔を綻ばせる可憐な少女。

「まあ、そもそも普段はスカートじゃないんですけどね」

「なおさらなんでっ！？！？」

「動きやすいから、とかですかねぇ～、ふふふ」

俺には何故か、彼女の頭部に二本のちっちゃいツノが生えて見えた。

くっ、家じゃなきゃ落ち着くと思ったのに……。

『お兄さんとヒナタちゃん』よりむしろ、『〈乖離〉と傍陽隊員』の方がやばい⁉

慄（おのの）く俺の腕に、ぎしっと力がかけられた。

しまった、戦闘中だった、と我に返った時にはもう遅い。

「ハァ――ッ」

俺が受け止めていた足に再び力が込められ、身体が押された。

バランスを崩し、たたらを踏んだ瞬間。
肉薄したヒナタちゃんの掌底が、俺の胸を打つ。
想像よりも痛みはない。
けれど《加速》まで乗せられたそれによって、俺の身体は衝撃で吹き飛ばされた。
狙いすましたかのように、俺は路地裏に転がされる。
「くっ、——うっ」
着地で《分離》し、身を翻して跳ね起きる。
しかし。
その時にはすでにヒナタちゃんは手が届くほどの距離にいた。
——まずい、やられるっ！
身構え、咄嗟に腕でガードしようとして。
するり、と。
その腕が絡め取られた。
「…………え？」
俺の手首を掴む感触は、硬質な鉄籠手だ。
けれど、それよりも上。
俺の上腕あたりまでを、ヒナタちゃんがぎゅうっと抱え込んでいる。
まるで、デートの時に恋人同士がいちゃついているかのように。

彼女の柔らかな身体が、触れていた。

「えへへ、捕まえちゃいました……♡」


にっこりと、蕩(とろ)けそうな笑みをヒナタちゃんが浮かべる。

その姿を見下ろしながら、俺の胸中からはじわじわと波が迫ってきていた。

一度枷(かせ)を解かれた『接触』という名の衝動が。

「捕まえちゃダメぇぇぇえええええええっっっ！！！」

絶叫しながら、意識が代償(アンブラ)へと呑み込まれていく。

「きゃあ♪」

小柄な推しの身体を抱き寄せながら、心に浮かぶのは『いってらっしゃい』とはにかむ幼馴染の笑顔。

——ごめん、クシナ。今日もなんの意味もなく、君を抱きしめることになりそうです。

本日は晴天。青空は遠く澄み渡っていた。

大戦犯

イブキとクシナによって、護送中の【救世の契り】幹部〈紫煙〉が奪還された次の日のこと。

〈刹那〉傘下、〈乖離〉の素顔が監視カメラに映っていなかったことについて、副支部長・信藤イサナは「しゃーなし」の一言で済ませた。

けれど実際問題、「映ってませんでした、終わりです」とはならない。なったら困る。

そこで出番となるのが俗に言う「似顔絵捜査官」だ。

天稟によって飛躍的に発展した社会でもこういった前時代的な部分は変わらない。

どうにかならないものか、と辟易しながらルイは完成した似顔絵をイサナの下へと提出しにいった。

で、完成品を見た副支部長殿の最初の一言がコレである。

「雨剣ちゃんの理想のタイプとかなの？」

ルイはしばしの間、理解に時間を要してから、

「はっ、――――はあああっ⁉」

滅多に出さぬ叫び声を上げた。

「そんなわけ……っ‼」

それほどに断固として、断固として許されざる誹謗中傷だったのだ。

食ってかかるルイに対してイサナは、

「いや誰がこんな少女漫画のヒーロー信じるんだよ！」

見ていた似顔絵をくるりとルイに見せつけながら、デスクを叩く。

描かれているのは、これでもかと言わんばかりに美形の男。

「んなっ……くっ……！」

嘘偽りのない事実であるだけに、ルイは口を噤まざるをえない。

「一瞬だったんでしょ？　ほんとーうにこんなイケメンだったわけ……？」

「……いや」

ルイの頭の中で、フードが外れて呆然とするイブキの顔がぼやけていく。

「うーん、茶色だか亜麻色だかの髪も緑の瞳も、現代となっちゃ正直ありふれてるからなぁ」

「…………」

百年前とかは日本人は黒髪黒眼しかいなかったみたいだけど、とイサナが付け加えた。ルイはいよいよ押し黙るしかない。

そうして改めて思い出してみると、たしかにコレは誇張しすぎたかもしれない、という思いがじわじわと脳を侵食していく。

そういえば人間は一瞬だけ見たものの特徴を誇張して覚えると聞いたことがある。

あるいは自分が既に知っているものに寄せて記憶してしまうとも聞いた気がする。

やがてルイは考えを纏めた。

（これはきっと良く描きすぎたわね、うん）

——かくして全く似ていない似顔絵が世に解き放たれた。

◇◇◇◇◇

「ねえ、〈刹那(セツナ)〉の部下だっていう〈乖離〉の手配書見た？」

「見た見た～」

「こういうこと言うのもアレだけど、結構イケメンだったよねぇ～」

二人の女性が会話をしながら、街中の詰所を通り過ぎる。

彼女らとすれ違って、――クシナは足を止めた。

ふと見れば、詰所の脇に置かれた告知板には手配書がいくつか貼られている。

［第一級手配者］

【救世の契り(ネガ・メサイア)】六使徒・第二席〈絶望(ゼツボウ)〉――本名、ゼナ・ラナンキュラス

連続殺人犯〈誘宵(いざよい)〉――本名不明

黒髪の少女の写真、目つきの鋭い女性のモンタージュ写真……と並んでいく中。

その一番下に新たな手配書が追加されていた。

【救世の契り(ネガ・メサイア)】〈刹那(セツナ)〉傘下〈乖離〉――本名不明。

その文言と、彼の者の似顔絵。

「…………いや全然似てないけど」

クシナは思わず突っ込んだ。

強いて言えば垂れ目なあたりが似ているが、その程度の特徴しか捉えられていない。

「クシナ？　どうかした？」

立ち止まるクシナに、前方から声が掛けられる。

足を止めてこちらを振り返るイブキは、マスクをして顔を隠していた。

クシナは彼に微笑を向けると、歩み寄る。

「なんでもないわ」

「ホントに？」

「ほんとに」

応じてから、付け加える。

「あと、別にマスクはいらないみたいね」

「おっ、マジでっ？」

「まじで」

やや警戒混じりに、けれど嬉々としてマスクを外すイブキには聞こえないように呟く。

「……だって本物は『結構』どころじゃないもん」

猫

「あ、ねこ……」

そう言ってヒナタが足を止めたのは、百年祭が大々的に行われている大通りまであと少しという路地でのことだった。

イブキも足を止め、視線の先を追う。

そこには、一匹の猫がいた。首元に鈴がついているので、どこかの家の飼い猫だろう。

黒猫だったが四肢だけは白く、靴下を履いているようにも見える。

命名、クツシタ。

しばしヒナタちゃんはクツシタを見ていた。

その撫でたそうな……物欲しそうな横顔に向かって一言。

「食べちゃダメだよ?」

「食べませんよっ！？！？」

ヒナタはびっくり仰天してイブキを見上げた。

「お、お兄さんっ、わたしのこと何だと思ってるんですかっ!?」

「食いしん坊天使」

「食いしん坊じゃないですから！　て、天使はその、意味合いによっては嬉しいかもですけど……」

後半、唇をもにょもにょさせて、す～っと視線を逸らすヒナタ。

それからはっとして、思い出したように、ぷいと顔を背ける。

「もうっ、お兄さんのいじわる！」

「――」

心臓に矢を受けたイブキはにっこり笑う。

生涯に一片の悔いもなかった。

……などと馬鹿なことをやっている間も、クツシタは毛繕いをやめてジッとこちらを見ていた。

結構騒いでいたのだが逃げもしないとは、肝が据わっているらしい。

「可愛いですね」

いつのまにかヒナタの視線はクツシタに戻されていた。

興奮して少しばかり頬は紅潮し、瞳はキラキラと輝いている。

「うん」

イブキは思わず頷いた。

「かわいい（ヒナタちゃんが）」

瞬間、ヒナタの背筋に電流が走る。

「………っ!!（私が言われたみたいっ！）」

その通りである。

だが、彼女がイブキの内心に気付けるはずもなく……。

「そ、そ〜ですよねっ。可愛いですよねっ？」

ヒナタは全力で乗っかりに行った。

こんなチャンスは滅多にない、とばかりの猛攻である。

なお、よくある。

実際アホオタク（イブキ）はクッシタでなくヒナタだけを真っ直ぐに見て頷く。

「うん、めちゃくちゃかわいい」

「〜〜〜っ!!」

ヒナタの全身に、二度目の電撃が迸った。

見る見るうちに耳が赤くなる。

（ね、猫のことを聞いてるだけだもん。別にいいよね……）

誰かに言い訳しながら、もじもじと身体を揺する。

そんな推しを見て、イブキの限界オタクメーターは一瞬で振り切れた。

「超かわいい。本当にかわいい。天使だよね」

「……っ！　っ!!　〜〜〜っ！」

アホが二人に、白けた視線を送るネコ一匹。

ややあって「これは側から見たらバカップルみたいなのでは？」とほぼ同時に気がついた二人が
咳払いをして離れる。

じわじわと焦る二人を救ったのは、

「にゃ〜」

猫様だった。鳴き声の出どころは静かになったヒナタの足元。

自分の片足にすり寄る黒猫のかわいらしさに、ヒナタは一瞬で心を持って行かれた。

スカートが汚れないよう手で抑えてしゃがみ込むと、見上げてくる猫の頭に恐る恐る手を伸ばす。

そして、柔らかな毛並みに手が触れた瞬間、

「ふああ……」

幸せそうに頬を緩ませる。ゆっくりと温もりを楽しむように撫で続けるヒナタ。

それを見る変質者、もといイブキの口角も上がりっぱなしであった。

まるで初めて猫を撫でるかのような少女の様子を見てすこし意外に思う。

（ヒナタちゃんって動物とか触りなれていそうなのにな。……いや、なんかそんな話があったような）

十八年以上昔の記憶に引っかかるところがあって、首を傾げる。

せっかく目の前に本人がいるのだから、と口を開いた。

「ヒナタちゃんって、あんまり動物とか触ったことないの？」

ご機嫌に黒猫を撫でていた少女の手が止まる。

「まあ、はい、そうですね……残念ながら」

見上げてくるヒナタは眉をへにゃっとさせて笑った。

「普段はほとんどルイちゃんと一緒にいるんですけど……ルイちゃんってすっごく動物から人気なんです」

「――あっ」

その瞬間、イブキもはっきりと思い出す。

『わたゆめ』の中でも二、三回そんな描写があったのだ。やたら犬猫、果ては鳥にまで好かれるルイと、その横でうらやましそ～に彼女を見つめるヒナタのシーンが。

「ああ～」

納得するイブキの反応にヒナタは頷く。

「なので、滅多に動物に触れたことってなくて」

そう言ったきり、クツシタの頭を撫でたり顎の下をくすぐったり毛並みを堪能したりで忙しくするヒナタ。

(猫とあんまり遊んだことないなら……)

イブキは近くの植え込みから、あるものを取ってくる。

「はい、ヒナタちゃん」

ヒナタの前に差し出したのは、

「猫じゃらし……?」

「うん。その子の前で振ってみたら?」

クツシタはと言えば、その間もじっと猫じゃらしを見つめていた。

そしてヒナタが恐る恐る上から近づけた瞬間、

「わあっ」

ぴょんと跳ねて柏手を打つように猫じゃらしを挟んだ。

目をキラキラさせたヒナタは夢中になって上へ下へと猫じゃらしを振る。

殴ったり寝転んだり飛び跳ねたりする黒猫を堪能しまくっていた。

「ヒナタちゃん、自分の周りをくるくる回してごらん？」

「え？　はい」

ヒナタは素直にイブキの言った通りにした。

猫じゃらしを持った右手を後ろへ、左手に持ち替えて再び前へ。

途端にクツシタは猫じゃらしを追って彼女の周りを回りだす。

「わっ、わっ、あはは」

自分を中心にぴょんこぴょんこと跳ね回る黒猫を見て、彼女は楽しそうに笑った。

イブキも釣られて微笑む。

「ついでに自分は動かなくていいから意外と楽でもあるんだよね」

「お兄さん、猫を飼ってるわけでもないのになんで詳しいんですか？」

「ヒナタちゃんが引っ越してくるより前なんだけど……ほら、昔はよく一緒に行った公園、覚えてる？」

イブキの問いかけに、一瞬だけ間を空けてからヒナタは深く頷いた。

「あそこって区役所の人が手を入れる前は中々に荒れた公園でね。一時期、猫の溜まり場みたいになってたんだよ。あそこで猫と遊びまくってた時期がある」

「……暇なんですか？」

「え、小学生ってそんなもんでしょ？　猫、結構好きなんだよ」

心外とばかりに顔を顰めるイブキに、やけに大人びた表情でヒナタはくすりと微笑んだ。

それから彼女はコツを掴んだようで、上へ下へ、左に右にと自在に猫じゃらしを振り出した。

しばし推しと猫との幸せ空間を堪能していたイブキだったが、ふと気づく。

「――どうでもいいけどクツシタってカタカナで書くとクシナに似てるよね」

瞬間、とんでもなく白けた目がヒナタからイブキへと送られた。

「真面目な顔して何を言ってるんですか。クシナちゃんに言いつけますよ……？」

「待ってごめんそれだけは許して。ほら、その子って足だけ白いから靴下履いてるみたいだなって、勝手に命名してたんです」

「はあ、まあ、確かに」

クツシタの脇に手を入れ、軽々と持ち上げるヒナタちゃん。

「あっ」

されるがままになっていたクツシタだったが、やがて液体のようにぬるりと少女の手から抜け出すとさっさと茂みの中に入っていってしまった。

「行っちゃいました……」

残念そうに言うヒナタちゃん。彼女は立ち上がると、ジト目でイブキを見る。

「さっきのクシナちゃんの話の続きですけど、こういう時は他の女の子の名前は出しちゃダメなんですからね？　その……で、デートなんですし……」

最後までジト目でい続けられずに、頬を赤らめた。

初心（うぶ）な可愛さにやられたわけではないが、素直に頭を下げる。

「それに関しては本当に申し訳ない」

「許します。……わたしもお兄さんをほったらかしにして猫さんに夢中でしたから」

揶揄うようにふふっと笑って、ヒナタちゃんは歩き出した。

「ありがとう」

今日のヒナタちゃんは随分とご機嫌だな、と不思議に思う。

（それだけ楽しみにしてくれてたってことかな。だとしたら俺も全力で楽しまなきゃ失礼だよね）

相手と一緒に楽しむ、というのがヒナタの理想とする友人関係の在り方だと知っているイブキからすれば余計にそう思えてならなかった。


桜邑駅を中心に五つの方向へと延びる大通り。

その中で西に位置する大通りは通称アミューズメント通りと呼ばれ、若者の遊び場として東京ではよく知られた場所であった。

アミューズメント通りの名が表すように、ブティックに始まりゲームセンターや小規模の映画館など様々なものがごった煮のように詰め込まれた大通りだ。

以前イブキとヒナタ、ルイの三人が訪れたショッピングモールも、駅から十五分ほど歩いたこの通りの先にある。

百年祭に際しても屋台や露店のアミューズメント色は強く、さながらテーマパークの様相を呈していた。五本の大通りの中で最も賑わっている通りと言えるだろう。

「うっわ、さすが一番人気の通りだね。とんでもない人混み……」

「ですね……」

「ちょっと経験したことないくらいかも」

「わたしもです」

昔から近所に住んでいるイブキにとっても未経験の人出である。桜邑と比べれば人の少ない場所から引越してきたヒナタにとっては一層馴染みがない。

ゆっくりゆっくりとしか人込みは進まず、二人の歩みも牛の如く遅いものになった。

普通なら中々着かない目的地に多少なり苛立ちを覚えるところだろうが、

「見て見てヒナタちゃん、射的まであるよ。隣には輪投げも」

「わたし、遠距離は苦手なんですよねぇ」

「お、あっちにはチャンバラもどきの出店があるっぽい。店主と戦うのかな?」

「近距離なら任せてください！」

「ヒナタちゃん……？　さっきから物騒な話してる……？」

「はい？」

「ううん、なんでも……」

二人は平和（？）に一つ一つの屋台を目一杯楽しんで見て回っていた。

と、次にやってきた屋台は、

「お面屋さん、ですね」

「さっきからちょくちょく夏祭りと勘違いしてる屋台ない？」

呆れるイブキの前には、どこぞの和装幹部を思わせる黒い狐面がかけられている。

よくよく見れば、その屋台は半分はお面、もう半分は、

「イベントカチューシャも売ってるみたいです」

「さすがアミューズメント通り……」

ミニハット付きのものだったり、ウサ耳のついたものだったりが並べられている。

さながら夢の国のようなラインナップだが、イブキの目に止まったのもその中の一つ。

「あ、猫耳」

猫耳カチューシャ。黒色のそれは先ほどヒナタがご執心だったクツシタを想起させる。

その尊い光景を思い出して、微笑みながらヒナタを見る。

「――――」

ぱっちりと、桃色の瞳と視線がぶつかった。

こちらを見上げて目を丸くしていたヒナタだったが、やがてわずかに耳を赤くして、

「あの、すみません。その茶トラの猫耳カチューシャを一つください……」

「え、ヒナタちゃん？」

「………」

ヒナタは押し黙ったきり、イブキの方を見ない。物の価値とはどう考えても釣り合ってない代金

を支払うと、手に取ったそれを徐に、髪のセットが崩れないように慎重に着ける。

そして、くるっとイブキの方に身体を向けた。

「――――ぐふっっ！」

瞬間、イブキは脳天に星が堕ちてきたかのような衝撃を受ける。

ヒナタのミルクティー色の髪の毛によく合う茶トラの猫耳。まるで初めから猫の耳が生えていたかのような完全一致。それにもかかわらず、本人は慣れないことをしている自分に対して羞恥心を覚えているのか、目元まで朱色に染めて潤んだ瞳で上目遣いに見上げてくる。

「……っ、……っ！」

「ち、違うんですよ、ほら、お祭りですし」

あまりの凶悪な、いっそ暴力的ですらある可愛さに文字通り言葉をなくすイブキに、何を思ったかヒナタは目を逸らしてわたわたと慌てる。

「その……猫、好きなんですよね？」

チラッとイブキの顔を伺ってから、

「にゃ、にゃ～ん……」

軽く握った両手を顔の横で振った。

それを向けられたイブキは、

「ア――――ッ」

星のついでに太陽まで降ってきたかのような衝撃に――――くずおれた。

「ええっ⁉　お兄さん⁉」

突然膝から崩れ落ちたイブキを心配して、彼の顔を覗き込むヒナタ。

「アッ、ちょっ」

一段と近づく距離。猫耳天使の追い討ちだった。

「ぐはっ」

「おにいさーんっ⁉」

安らかに昇天しながら、イブキは想う。

——確かに近距離（クロスレンジ）でヒナタちゃんに勝てる存在はいないいな。


（了）

あとがき

お初にお目にかかります、土岐丘しゅろと申します。

まず軽く自己紹介をすると、小学校入学から今まで十五年ものの本の虫です。あくまでも読み専で、自分が小説を書くなどとは夢にも思っておりませんでした。今の今までその実感もなく、あとがきの段になってようやく緊張で指まで震えております。というわけで、無難に謝辞から始めさせていただきたいと思います。

最初に、本作を素晴らしいイラストで彩ってくださった、しんいし智歩先生、本当にありがとうございます。Twitter（当時）でお見かけしたその刹那、ビビッドで可愛らしいキャラクターに目を奪われました。是非この方に！と担当氏に懇願したのが昨日のことのようです。表紙や口絵、挿絵もさることながら、一巻にして八人ものキャラクターデザインをしていただき感無量です。おかげさまで巻末にキャラクターデザイン一覧まで載せていただける運びとなりました。

そのキャラデザ一覧について「作者の一言、めちゃくちゃオタクにしましょうよ！」という阿呆な提案に爆笑して快諾してくださった担当編集のS様、水端を辿れば本作を見つけてくださり、お声がけいただいたこと、心より感謝申し上げます。これからも沢山ご迷惑をおかけすると思いますが、雨垂れ石をも穿つ、を胸に一つひとつ勉強させていただきたく存じます。

それと、マイスイート友人の諸兄姉。作家最大の壁と称される最初の一作を乗り越えられたのはｗｅｂ投稿以前から読んで感想をくれていた君たちのおかげです。間違いなく。出来上がった作品を死蔵していた僕に「投稿とかしないの？」「もったいなくね？」と言ってくれた君たちもです。でなければ今でも本作は陽の目を見ることはなかったでしょう。

最後に、本作に携わってくださった皆様。表紙デザイン一つとってもデザイナー様のお仕事であることを再確認しながら書影を掲げる毎日です。そして――言わずもがな、携わってくださっているのは読者の皆様もです。ｗｅｂから推してくださっている方は、特に。これだけ色々な人に支えられて出来上がった本作も、貴方が手に取ってくださらなければ完成しませんでした。作者というより、僭越ながら作者代表として言葉では伝えきれないほどの感謝を貴方に。

……謝辞から、などと宣っておいて謝辞でスペースが終わってしまいました。おかげさまで二巻も出版していただけるとのことで、他はそちらにて。それでは、またお目にかかれますよう。

「胡散臭いイケメン」という無理難題を
しんいし先生が想像以上の形で応えてくれました。
懐中時計まで詳細なデザインを……ありがとうございます！
ローブは複数案あり、検討の末、現在の形へ。
紋様に誂えているのは彼岸花。

指宿イブキ

＜土紋丘先生の解説＞
ァアアアアア素晴らしい胡散くさイケメン!!!
ウルフカット、いいよねー！

傍陽ヒナタ

1巻のメインヒロインなので、全キャラの中でも
念入りに髪型や装備、隊服など慎重に協議を重ねる。
妹感の強いキャラクターですが、作中の小悪魔さを感じてもらいたく、
どこか大人っぽいデザインに仕上げてもらいました。
【循守の白天秤（プリム・リーブラ）】の紋章は
天秤と羽根をモチーフに作成してくれました。

＜土紋丘先生の解説＞
尊すぎるぅ!!! かわいさの化身!!!
うちの子だぞ!!! イブキくんにはあげません!!!

櫛引クシナ

想像を遥かに上回る圧倒的な完成度で
土岐丘先生、担当編集ともに頭を垂れました。
余韻で蕩けすぎて思わずクシナの挿絵枚数が
増えすぎてしまう事態に発展してしまいました。
ちなみに彼岸花の紋様はイブキと二人だけの特注です。

<土岐丘先生の解説>
あぁ゛あ゛ぁぁぁあ゛あ゛ぁ!!
がわいいいいい゛い゛い゛!!!(昇天)

KUSHINA Kushibiki

雨剣ルイ

RUI Tsurugi

当初の設定ではオレンジ色の瞳でしたが、
透き通るような髪色がより映えるように、
バランスを合わせた青色へ変更。
(表紙を見てチェックしてね!)
2巻ではルイがメインとなる表紙を検討中なので、
そちらの仕上がりも楽しみにしていただけますと幸いです。

<土岐丘先生の解説>
いやこれはほんとに一生ついていく美しさ。
しかも武装時カッコいいとか無敵か……?(畏怖)

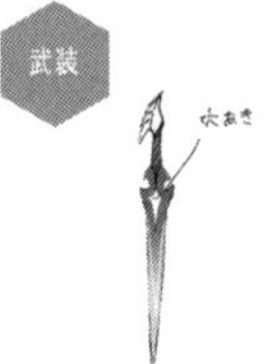

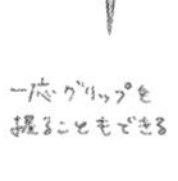

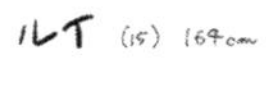

基本的なイメージは全て問題なかったのですが、
実は発注時のミスがあり、当初はもう少し髪が短いデザインでした。
設定に忠実に今の長さで確定しましたが、
そっちもとてもかわいい(格好良かった)ので、
お見せできないのが残念……。

信藤イサナ

＜土岐丘先生の解説＞
このメイド、ビジュ良すぎて沼るの不可避では?
あと襟の白いライン良すぎないですか???

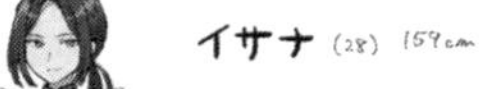

ブラウンの
シンプルなブーツ

長さは
肩甲骨くらい

毛先はきっちりそろえられてる
イメージ。
イケメンな女性

ISANA Shindo

馬喰ユイカ

YUIKA Bakuro

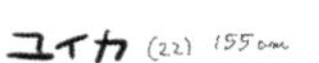

泣きぼくろ

- 黒目が大きい
- シルバーのネックレスとバングル
  パンプスも光沢ある
- ネイル 赤色

黒と白のツートンカラーで構成。
奇抜な髪色なのに、ユイカの
おっとりしたお姉さんのイメージも
表現してくれと無理難題を
相談してしまったのですが、
想像を上回る仕上がりに
唸る結果になりました。

＜土岐丘先生の解説＞
ア゛ア゛､､､かわいすぎて、
もげそうです､､､表情が天才､､､､

化野ミオン

ミオン (23) 162cm (+厚底5cmくらい)

和のイメージを大事に
妖艶なお姉さんに仕上げていただきました。
煙のの紋様まで丁寧に
デザインしていただきました。
よく見るとヒールにまで
紋様をつけてもらっています!

<土綾丘先生の解説>
物着崩してるのズルいって,,,
ピアスずるいって,,,
煙管と簪ずるいって,,,!!!

・両耳に狐面のピアス
・着崩し+ストール風に布を巻く

着物とヒールに煙の模様

MION Adashino

剛鬼特有の柄の悪さ、凶暴さを
余す事なく表現していただきました。
担当編集はイケメンのイメージを持っていなかったので
デザインが上がってびっくり。
紋様はバラ十字。

<土綾丘先生の解説>
厳つさよりも柄の悪さを優先して発注した結果の高身長不良スタイルです。赤銅色のツーブロックヘアとダメージ感満載の私服の合わせ方が意外にもハイセンスさを窺わせますね。メサイアのコートに関しては幹部ではないため汎用の紋様を使用していますが、あえて腕を通さずに肩にかけるだけなところに彼の組織の枠に収まりたくない内心が現れているようです。特筆すべきは、ジャケットの裏地やブーツの底面。ヘアカラーと同色の差し色が加えられていて全体的な統一感を生んでいますね。また、細かい部分ですがしんいし先生のメモ書きにもあるピアスのアシンメトリーなコーデと、腰のチェーンは(以下略)

剛鬼 (22) 192cm

・ピアスは両耳にフープ型
左耳にだけプラスで粒タイプ

ネガ・メサイア 紋様

GOUKI

大作戦、始動!

「安心して、でも百合（ルイヒナ）の間に挟まる気はないから!」

不調のルイを救うべく、
イブキの唐突な勘違いが三角関係に嵐を呼ぶ!?
愛がゆえに空回るシークレット・イルミナティ第2弾!

ルイと仲良くなろう

馬鹿にして
いるのかしら……っ？

2024年発売予定！

推しの敵になったので

2024年1月1日　第1刷発行

著　者　土岐丘しゅろ

発行者　本田武市

発行所　TOブックス
〒150-0002
東京都渋谷区渋谷三丁目1番1号　PMO渋谷Ⅱ　11階
TEL 0120-933-772（営業フリーダイヤル）
FAX 050-3156-0508

印刷・製本　中央精版印刷株式会社

本書の内容の一部、または全部を無断で複写・複製することは、法律で認められた場合を除き、著作権の侵害となります。

落丁・乱丁本は小社までお送りください。小社送料負担でお取替えいたします。

定価はカバーに記載されています。


ISBN978-4-86794-034-1

©2024 Syuro Tokioka
Printed in Japan